U0924950

乡愁文丛　王剑冰　主编

繁华深处的街巷

葛水平　著

中原出版传媒集团
大地传媒

大象出版社
· 郑州 ·

图书在版编目(CIP)数据

繁华深处的街巷 / 葛水平著.— 郑州 ：大象出版社，2017. 5
(乡愁文丛 / 王剑冰主编)
ISBN 978-7-5347-9221-2

Ⅰ. ①繁… Ⅱ. ①葛… Ⅲ. ①散文集—中国—当代 Ⅳ. ①I267

中国版本图书馆 CIP 数据核字(2017)第 072857 号

乡愁文丛
王剑冰 主编
繁华深处的街巷
葛水平 著

出 版 人 王刘纯
策　　划 王刘纯
责任编辑 范 倩
责任校对 毛 路
装帧设计 王莉娟

出版发行 大象出版社(郑州市开元路 16 号 邮政编码 450044)
发行科 0371-63863551 总编室 0371-65597936
网　　址 www.daxiang.cn
印　　刷 北京汇林印务有限公司
经　　销 各地新华书店经销
开　　本 787mm×1092mm 1/16
印　　张 15
字　　数 147 千字
版　　次 2017 年 5 月第 1 版 2017 年 5 月第 1 次印刷
定　　价 32.00 元

若发现印、装质量问题，影响阅读，请与承印厂联系调换。
印厂地址 北京市大兴区黄村镇南六环磁各庄立交桥南 200 米(中轴路东侧)
邮政编码 102600 电话 010-61264834

找得到灵魂家园，记得住美丽乡愁

——“乡愁文丛”总序

王剑冰

我们强调保护中国的传统文化，而传统文化当中就有乡愁。乡愁是中国人热爱家乡、牵念故里的独特情结，是一种美好自然的文化观念。社会越是变化、越是浮躁，这种情结就越显珍贵。乡愁也是一种寻根意识，记住乡愁，记住美好的童年，记住美好的向往，也便是铭记我们的根本。

我们每个人都是故乡的一片叶子，这片叶子无论飘落多远，都无法摆脱大树对于叶子的意义。一个人的身上总有着故乡的脉络，流着故乡的血，带着永远不可改变的DNA。一个个的人也可以说是一个个村子的化身，他们走出去，分散得到处都是，却不会把村子走失。

说起乡愁，那是一种与生俱在的情怀，住在心中的故乡常常鲜活在那里。故乡是安放你的灵魂、温暖你的寂冷的地方，是接纳你的疲惫、抚慰你的忧伤的地方。翻开一页页被繁忙弄乱的过往，记忆中的余香总在儿时的故乡。那里有我们最亲密的玩伴、最爱吃的食物、最漂亮的衣衫、最天真的憧憬。而芬芳入梦的，多是亲人亲切的面容与温馨的相聚场面。那些亲人或已故去，或还在乡里。现在多数人对故乡的感觉同对年节的感觉一样，那种热闹团圆、香气弥漫的味道是乡情中最重要的部分。“每逢佳节倍思亲”，所以归乡最多的时刻是年节，带着满满的怀想、满满的辛苦，万水千山相携于途，构成最为壮阔的乡愁景观。古往今来，人们因为各种缘由漂泊在外，但总是要找机会赶回故里。金圣叹曾列举“不亦快哉”之事，其一即是“久客得归，望见郭门，两岸童妇，皆作故乡之声”。然而他们的欢喜中又带着那种“近乡情更怯，不敢问来人”的复杂心理。漫长的时光已然流逝，乡愁的话题始终没有停息，情怀早已渗透于诗歌典章，直至后来，还有余光中、三毛、席慕蓉不约而同地同题《乡愁》。

诚然，远在故乡之外的游子，生发的多为眷念之情，即使老杜有“漫卷诗书喜欲狂”“便下襄阳向洛阳”的返乡之举，回到家乡也还是要再出去，因“莼鲈之思”而辞官归返的张季鹰毕竟是少数。还有，余光中的《乡愁》或代表了一些人对于故乡的认知，那就是故乡即是母亲（或双亲）的代名，对于故乡的怀念即是对于母亲的怀念，回故乡即是为了看母亲，母亲不在了，故乡的概念便模糊起来。随着生活的变化，有人也不可避免地遇到了回乡的矛盾，记忆与现实发生了冲突，那种期待值与仪式感渐渐折损，许多美好已然变成了永久的追忆。所以有人会说：“我是真的爱家乡，不过爱的可能是记忆里的家乡。”确实，没有一成不变的事物，这是时间所带来的不可逆转的事实。然而不可逆转的还有那份强烈的牵绊，永恒的顾念并未因此而中辍，情感的执拗还是同那些疏离与怨怼扯断了关联。生生不息地以文字表达出来的乡愁，也成为中国文学中一个特有的传统。

作家们大都已离开生养自己的故土，但我们却能看出那种深深的乡愁情结，这其中有写生养自己的故乡的，也有写生活过的第二、第三故乡的，还有赞美如故知的他乡的。文丛中，地域山水皆有代表，民俗风情各具特色，多方位地展现出人与历史、人与环境的关系，彰显对亲人故土的真挚情怀以及对世态人生的深切感慨，给我们带来亲近，带来回味，带来启迪，让我们感受到温馨而深挚、苍郁而辽阔的文字力量。

我们说，在意乡俗年节，提倡尊崇温情，爱护碧水蓝天，留住美好记忆，是和谐社会建设的内容之一，也是复兴民族文化的核心之一。这样会把我们赖以生存的环境保护和建设得愈加贴近期待与理想，也会使我们愈加容易找得到灵魂家园、记得住美丽乡愁。大象出版社倾心打造这样一套阵容壮观的“乡愁文丛”，就是带有这样的初衷。该文丛是具有欣赏性、研究性、珍藏性的文学工程，也是一种文化的记忆与期望。“故乡今夜思千里，霜鬓明朝又一年。”随着时间的挥手远去，这种记忆与期望会愈加显现出它的意义。

2017年初春

目　录

河流带走与带不走的

蝉鸣柳梢，一条清溪映月，时间似乎抹去了我的现在，我站在山神凹的河边，河里没有了清溪，一河道的羊粪蛋。我问柳树：你在守望什么？时间把你顽固地留守在这里。你的叶片如竹叶，我一直认为你是北方的竹子，北方的，有秋的情绪、夏的纷乱。蝉在许多年前落在你的树枝上，你可知觉，蝉鸣时夏已经深了。

这条河叫蒲沟河，源头应该是山神凹的后沟。山大沟岔多，一条河大都以村庄的前后命名。山神凹流出去两条河，一条蒲沟河，一条枣林河，两河出山入十里河，一路欢腾流往沁水县的固县河，之后由端氏镇入沁河。我在很多年前和我的父亲去后山用筛子捞过虾，泉水里长大的虾实在是好吃，一铁锅河虾配山韭菜炒好端到院子里，嘴馋的人哪里等得急拿筷子。在暧昧的夜色中，河流如同针线一样穿起了我童年的欢乐。

十多年前我的小爷葛起富从山神凹进城来，背了一蛇皮袋子鸡粪，他要我在阳台上种几花盆朝天椒。那一袋子鸡粪随小爷进得屋子里来时，臭也挤进来了。我想我还要不要在阳台上养朝天椒，小爷进门第一句话说：蒲沟河细了，细得河道里长出了狗尿苔。吓我一跳。几辈人指望喝蒲沟河的水活命，水断了。小爷说：还好，凹里没人住了，我能活几年？就怕断了的河，把人脉断了。

几年后小爷去世。一场雨过后，我看到院子里用了祖祖辈辈的水缸聚集了雨水，秋风起时，还能泛起一轮一轮的涟漪，让我的心一下就起了难过。山神凹后来只剩下一户，我喊他叔。叔的一只眼睛瞎了。我回乡，坐在他对面的炕上。叔说：我一辈子没有求过你啥事，我这眼睛，去年秋天收罢粮，眼好好就疼，以为是秋虫招（蜇）了一下，生疼，慢慢就肿了核桃大，生脓，脓把眼睛糊了。娃领我去长治看病，大夫说是眼癌。我怕是命死眼上了。我说：世上的癌，数眼癌好照（治），剜了它，有一只眼，你还怕世界装不到你心里？叔说：你说得好容易，我就是想求你保住我的眼。一只眼看路，挑水都磕磕绊绊，一桶水能洒半路。

那时候山神凹没有水了，满河沟的水说没就没了。

后来有了自来水，也是隔山引过来的。可惜这样的日子没有享受多少，叔就入土为安了。山神凹果然断了人脉。野草疯长着，窑顶子塌了窟窿，年轻的一代都迁走了，村庄就像遗失在身后的羊粪蛋，风景依旧，只是少了流动。我在冬日稍显和煦的阳光里，一窑一窑走进去，迎面的是灰塌塌的空。石板地、泥墙和老树，让我得以在一个午后穿过怀想，那时候的窑洞多么年轻，木头梁椽清晰地发出活动筋骨的声音。多么好的村庄，沉静细碎的阳光洒满了每一眼窑洞，多么不寻常啊，那热闹，那生，那死，那再也拽不回来的从前。时间悄然流逝，倏忽间，窑洞成了村庄的遗容。河流，糟糕的水已不知流向了何方。故去的人和事都远去了，远去在消失的时间中。我妒忌这时间，把什么都贪走了，贪得山神凹成了荒山野沟。

河流带走了一切。但只要怀念，我都会感觉山神凹人的眼睛在我的头顶上善意而持续地注视，河流带不走我的童年。在生命的轮回里，日与夜交替形成力量关系，我走着，很长一段时间我走出了山神凹人的视野，忘记了是山神凹的河流养育得我健壮。我在成长的过程中无知觉地背叛了一种美。没有故乡能有我现在吗？没有那一方水土养着，我能把幸福给到我所有的文字吗？我记得童年的夏天到窑垴上截麦秆，新麦的秸秆好闻，耐得住闻，味也悠长。麦收过后的一段时间，我在谷子地里等谷穗弯腰——世事和人性都需要弯腰吃苦——我家的祖坟就在我的身后。小爷说：我是黄土埋到脖子了，我也快要走了。小爷看着祖坟，挽起的袖管露出很结实的肌肉，天气有一些嫩寒，我看到谷子地里小爷的影子僵硬在那里，他的脸上皱纹成片爬着，皱纹上了脸的人离死亡就近了吗？生命于我更像是一种无法言语的东西，我对生命的所知，便是我仍然对它有所不知。黄土明摆着在脚下，怎么会埋到脖子了？秋阳快要落山的傍晚，我坐在河边。河水流动让我内心安定。我走回凹里，走出山外。时间可以改变一切，但是，时间无法改变死亡。曾经的山神凹，气力和心劲让凹里人欢马叫。曾经我不知道死亡是什么。死亡是一个时代的结束和另一个时代的诞生，是祖父的死亡，是孙儿的成长。我们的生长拖着浓重的阴影，当它一再降临我身边的亲人时，我看到我亲人们的笑容淡淡的，淡得像烟，我站在老窑的门槛上望他们，看他们犹如跌进一潭深水，慢慢地淹没了他们的笑容。斑驳的墙壁竖立着，积灰的老窗合拢，我迈不动步，深远的回忆在我的脑海里涌现。当河水断流，老窑塌落，我突然觉得生活的意义再次变得恍惚，变得不可确定，因为我的活让我的亲人们远去。

我多么想找回炊烟似的人间烟火气，找回满山的羊群，找回阳光从窑顶滑落至门槛并照亮一群觅食的鸡。我穿着紫红格格布衣裳，只回了一下头，就已经找不到我的亲人。山神凹成为我生死不移的眷恋和诱惑。生命在日子里发芽。倏忽间，这图景全然变作印象，沉淀于记忆之谷的深处，幻化成流年的碎影。这里所有经历的言说都纷纷展开，人们以往的精神空间被淡缩成薄如纸张的平面，文字跳跃，山神凹人经历的单纯过程横立在我的面前，如同牵挂着一个远方的旅人——我是它早已咧着嘴盟过誓的唯一的后人。

没有什么比河流的消失更动人心魄。它的消失没有挣扎，没有难过。正如彭斯用诗的语言描述的那样："我从未看到过野生的东西自怨自艾 / 小鸟冻死了，从树上掉下来 / 也没有自怜。"河流在人的眼皮底下，谁也记不得它的消失，只知道长流水变成了季节河，当雨水再一次从天空降落时，河流的季节属性没有了。蒲沟河是沁河一条细小的支流，小到几乎没有任何意义，包括地图上都没有标出它。难过的只是它河岸上有情感的生灵。我在河沟里走，有蒲公英开着黄色的小花，有一丛一丛的鸡冠花，还有苦苦菜，一条壁虎从我的脚前穿过，我还看到一块河卵石上，一只蚂蚁举着一只蚊子，风刮过来，蚂蚁不动，风刮过去，它继续爬行。书上说，植物在它消失的地方必定会重现。会吗？亲爱的文字，你会欺骗我吗？ 20 世纪考古学家是划着木舟进入罗布泊的，我们都知道古楼兰是一个庞大的村庄。一座村庄的生机，最先是由一条河流营造的，河岸上，最后都沦落成了一座座坟茔。我有多么孤独和寂寞。每个人只有一个故乡，就像每个人只有一个祖国、只有一个亲生母亲一样。一个人一生要走很远的路，一提到山神凹，我的心都挖抓得难受。

蒲沟河岸上的窑洞，柔软肥沃的土地上长出的耳朵，它在听见时间的叹息和自己内心曾经的热闹的同时，还听见了热爱它的人在寂静的土地上对于生命的守护，对于时间的绝世应答，对于永不会撞给满怀的转瞬即逝的繁华。面对时间，我只能学圣者浩叹一声：逝者如斯夫，逝者如斯夫——感通广宇，戳破时空的沉寂，我写下它曾经热闹的一页。

一切都始于我对它的爱。时间迅疾而过。有多少生命骨殖深埋于时间中，亲情、友情、爱情，终于待在了一个安全的地方，那个去处直叫人呼吸到了月的清香、水的沁骨。生命的决绝让我的爱在产生的文字中获得回归。当这些已逝的生命从我的文字中划过时，我体悟到了温情与哀绝、惆怅和眷念。“但使情亲千里近，须信。无情对面是山河。”我不知这是谁的诗句，但它却与我内心的感触对接了。时间如中国画缥缈的境界，明知道一切不可能出现，却还愿意在疲倦的时候沉溺其中。天地方寸间怀古，秋风年年吹，春草岁岁枯。逝去的以另一种方式活在现实中。

一位作家说过：“所有埋葬过自己血亲的地方都是故土。”

我说：“只有亲手盖过屋子并养育下后人的地方才能称为故土。”

许多物事已经消失。记忆潜入的时候，山神凹的土路上有胶皮两轮大车的车辙，山梁上有我亲爱的村民穿大裆裤戴草帽荷锄下地的背影，河沟里有蛙鸣，七八个星，两三点雨，如今，蛙鸣永远响在不朽的词章里了。

年年清明，我回山神凹，一路上想，坟茔下有修成正果瓜瓞连绵的俗世爱情，曾经的早出晚归，曾经的撩猫逗狗，曾经的影子——只有躺下影子才合二为一，所有都化去了，化不去的是粗茶淡饭里曾经的真情实意。人生的道路越走越远，终于明白了生活中某些东西更重要，首先肯定，它不是物质的。

谁能阻挡美满家庭里生离死别有朝一日的到来呢？谁又能阻挡一条河流走远？既然不能，今世还有什么化不开的心结！

黄 昏 的 风 景 是 斑 驳 的

黄昏的风景是斑驳的。黄土地上的人生，是亲情的乳汁酿造的。尤其是在这内窑。

我的祖母是王月娥。尽管王月娥已从这个世界上走至很远，但是在我生命中，岁月如此辗转盘桓，光阴如此流逝嬗变，都无法更改王月娥就是我的祖母。

祖母在这个世界上活着的时候，没有人叫过她的名字。可是这么多年来，曾经在那一方土地上生长的人却没有人不知道祖母。老辈人叫“老葛家里的”，晚辈人叫“内窑婶”，次晚辈人叫“奶”。这叫法的统一点就是指王月娥。

二十六岁上，二十岁的祖父葛启顺在扩军时参军南下，王月娥就守了一眼土窑，眼睁睁活到了七十，四十四年间，苦守寒窑。曾经有人力劝王月娥改嫁他乡，但终是苦心枉费。那种形式上的安抚又岂能均衡王月娥内心的失落……

开头儿，夜静的时候睡不着，王月娥坐起来想葛启顺走时的样子，自个儿傻笑，那都是光阴下的苦守寒窑啊！到后来，夜静的时候，她俯身像咬豆腐似的咬自个儿的肉，疼得窒息了，夜却不动声色。再到后来，人上了年纪了，早早烧了炕团在炕上，听梁上的动静，一只老鼠倒挂在梁上，一窝老鼠在地上跑着耍闹，听着响儿反倒能睡个好觉。祖父一走再无音讯，天是到黑的时候黑了，到白的时候白了，黑白之间王月娥心里有个活物。

山神凹走出去回不来的人都有“光荣军属”的牌牌送回来，祖父没有。这就让祖母的眼神看上去像土窑窟窿里的老鼠一样，明亮而惊慌，令人陡生怜爱，却又怕人于一定距离之外。仲夏傍晚，王月娥穿了月白短袖布衫，双耳吊着滴水绿玉耳环，坐在内窑院的石板上走神。缕缕阳光透过枣树荫蓬的隙缝漏射下来，远远看去，神情恍惚的她就像一个无法企及的诱惑，甜蜜而又伤痛。男人的视觉在这时大体是相同的，二十岁与六十岁没有多大区别。葛姓本家族人暗恋上了侄子媳妇，终于在一个黄昏时分走进了内窑院，祖母发狠地喊了一声：“你坏良心呀，你欺负弱小，小走得没音讯，大做下这种下作事，一把秃锄头你锄地锄到自家人身上，你今儿等不得明儿你就要死呀！”事情到底因辈分的节制没有弄出大的举措。可时令已入三伏，满山的山丹丹在风中闪闪地耀出了大片嫣红。

难得王月娥年华如梦却能心静如水。她因传统而忠心于祖父，她因本分而体恤关心族人，从未滋生杂芜之念。内窑院的枣树蓬勃着朝气和骚动。青石铺就的石板地却浑然冷冷。这冷冷中就有了那么一丝微妙的季节性悸动。那恰是“文化大革命”的脚步踏踏来临之前。在接踵而来的潮流中，大风席卷了中央之国的角角落落，红颜薄命的王月娥竟也不能绕过。于是，在这场偶然与独特并存的“浩劫”中，历史执拗地把王月娥切入了主题。

曾经的王月娥是地主的小妾。荒山沟里的小地主既无万顷良田，也不敢为非作歹，最多娶一房半房小妾。葛启顺当时是地主家里的短工，进进出出在不同季节里和王月娥有了仔细的照面。最长的一次照面是土改前夕。那一年熬豆腐，葛启顺来帮工。熬浆熬到了一定火候，葛启顺进房端浆水，问题就出在了葛启顺看见了冬日暖炕上王月娥雪白一片。屋外喊塌天了，屋内的倒骇异地看得出神入化了。那一年的豆腐据说因祖父的憨胆点老了，但祖父也仅用二斗玉茭从地主家换回了王月娥。这就让王月娥在最为动荡的日子里受了一些委屈。

1966 年，国家最权威的报纸发表社论，“横扫一切牛鬼蛇神”，它的目标是改造人的灵魂。山神凹虽处贫穷僻远的深山，而革命热潮则是“四海翻腾云水怒”。因为一些无法猜测的原因，一些乡村的红卫兵把王月娥叫到请示台前定罪。红卫兵说：“‘无产阶级文化大革命’就是要抓挖社会主义墙根的典型。内窑院的，因历史问题，你就算一个。”王月娥说：“社会主义是甚？山高皇帝远，借了胆，我也不敢。”红卫兵说：“你仇视社会主义，你是反革命大破鞋！”王月娥抬起头神经质地断然否认：“不敢。”“哪敢。”红烈的阳光把王月娥晒得如妖儿一般，楚楚动人。王月娥想：我一生从没得罪过人，咋好端儿被人黑杀了，这世道真是要坏规矩了。

这世道本就没有一定之规、一定之形的，水把山开成石，把石揉成沙，云乘风生意，水随地赋形，规矩是甚？野花绣地。王月娥在请示台前早晚汇报了半年有余，红卫兵开始了内乱弃她而去，与往日的岁月不同处是她接下来的日子活得生硬而苦涩。

岁月辗转中老了王月娥，不老的是她的记忆。鬓染银丝的王月娥翻出日伪时葛启顺的一张泛黄的良民证，手微微颤抖了几下，然后又轻轻折起压在了箱底。尽管那照片已经褪色又有许多深深折痕，但王月娥对它倾注的感情，却如石下清泉。

有一个春天，终于从公社邮员的手里接到了南方的信函，落款是“内窑院启”。王月娥的名字都省略了。字里行间仅是对他年已半百的儿子的问候，只字未提王月娥。王月娥想：不管吧，儿是连心肉，只要葛启顺还活着，就有我王月娥的一天。

是等那归无定期的一天吗？

内窑院的枣树高大而繁茂，盘曲错纠的枝节伸向青冥的天空。王月娥拉着长长的麻绳把三寸长的鞋底纳得细密、匀实。灰蓝色的外罩把一头白发衬得如一幅水墨写意，看上去有一种与世隔绝的雅致。有晚辈惊异地说，内窑婶怕要成精了，七十岁还纳鞋底。王月娥抬头笑笑，用豁了牙的嘴捋捋绳子，一针一针纳得瓷实。

王月娥在等那被遗忘了的一刻的到来。1980 年，葛启顺老大归乡领着后娶夫人，走回了他离别了近半个世纪的故乡。美人迟暮的王月娥比起来就少了一些韵味。南方的小女人体态盈盈，一回北方就吵着要走，离心离肺的。择了吉日祖父回到了他的出生地。在走进内窑时，王月娥正靠着炕沿捻羊毛，就只刹那，王月娥抬起头时已是泪满双襟了。祖父说："解放战争打完，我就在南方成家了。"王月娥含泪点头。祖父对那女人说："该叫姐姐。"那女人说："姐姐，用揩脸帕把脸揩揩。"祖父说："她要你用毛巾擦净眼泪。"祖母王月娥一脸悲啼。几十年了，擦不擦吧，擦来擦去都一样地痛。王月娥含着泪说："成家了好，一个男人不成家，道理就说不过去。"祖父说："你一个人能把日子活过来，要我怎么说好。"王月娥说："没啥，眨眼就到现在了，到底是我守在山神凹，你在外，出门在外你不是闲人，你是为国家当兵打仗啊。"

王月娥在祖父再次远走他乡半月之后，终于倒在了内窑院的土炕上。王月娥说："四十四年了，我找到了活水源头。"祖父临走时的话还在她耳内萦绕："我死后把骨灰送来与你合葬。"一个活物，一句活话，是对内心深处埋藏着人生悲苦的生命的祝福之念吗？还是姻缘变幻的不悔不忧？为了等老死他乡的祖父再次回乡，祖母做了许多准备，有时候甚至嫌日子走得慢，日子把人的一辈子过完了，到死，总算要拼凑成人家了。她用祖父留给她的钱打了坟地，坟在隔河的山嘴上，朝阳。她要打坟的人留个口子，夜静的时候她把一些庄稼人用的物件放进去，锅啊，盆啊，缸啊的；大件的搬不动，她就像滚球似的滚着它走。有一天夜里，她滚着一口缸过河的时候，摔了一跤，骨折了，山神凹人才知道她在忙活地下的窑洞。下不了地，心急，人瘦得和相片似的，望着进来看她的人就说以前的祖父，人们也都跟着她的话头说以前的祖父。想来，祖父在她的记忆里被扩大了，稍动一点心思，面容就浮现不已。

春日和风使枣树抽枝开花，秋日萧飒使枣儿泛红透甜，一样的时空流变中，美丽的景致就这样保持了一生预约的守候。

王月娥，我的祖母。当我以一种过早到来的苍老的目光悲哀地看进了三十年时，三十年前活着的你——可知日月与你几近遥远了！

家里的乡下男人

一直感觉在某一个黄昏或上午，父亲会背着一个帆布行囊远足而来，会用他憨厚的影子堵住我正门的光线，那时有一个很不能概括的念想：“我们家的乡下男人进城来了。”

我忍不住遥想当时形貌，居然有那么几分近而远的缘由，但我明白，我们家里的乡下男人是永远住在乡下了。

每年的清明这一天，无论刮风下雨，我都要回乡上坟。说是坟，其实只是一眼废弃的窑洞，在山神凹后山的黄土崖下。十年了，父亲很安分地在等活着的我妈，而我的父亲曾经是一个多么捣蛋的人。老家有个不成文的规矩，夫妻一场先走的人一定要放在一个地方，等在世的、留在红尘中的那个人百年后一起入土为安。

春天的植被像世界地图一般，散淡地铺设在崖的周围，崖下的土窑内是父亲的家。阳光直截了当地照进洞内，那一口玫瑰红的棺木横放着，我们家里的乡下男人被装殓在里面平躺着，成为一个戛然而止、无法再继续坐起来或站起来的存在。无往而不胜的岁月呀，好端端把一个人一生的里程，减缩在了这个大匣子里。我跪卧在地上，点燃一堆亿万元冥票，有风丝绒般吹来，那灰烬很是舞蹈一番。这种无告的陌生竟伴着我那么多绝望和酸辛，但我却无意怨恨它，反想到有一双厚实的黑手在抖擞着收取女儿送他的这一份殷实的家资。

人生真是一个过程。我是 1969 年认识父亲的，在这之前父亲的绰号叫“跑毛蛋”（沁水县十里乡方言，意指对生活不负责的人）。在这之后，我三岁，随母亲改嫁而来。母亲嫁时骑小黑驴款款地从田间的小路蜿蜒而来，给满世界秋阳注一剂斑驳。父亲的兴致随驴屁股的一声疼痛而“嘚嘚”高昂，母亲的笑便暧昧得意味深长了。而一路的累乏让我懒得有兴致，也就是说，三岁的我还记不得多少当年的往事。父亲的家是一眼土窑，墙上的许多洞和地上的许多洞是老鼠的家。父亲后来用许多玉米芯塞住了那些洞，那些老鼠很是无奈地和人一样光明地在窑洞里生活了几年。这期间，父亲为了像个男人一样活着养家，决定到太原的西山煤矿下坑。人称下窑汉。我妈嫁过来不久，因井下塌方，俗世的父亲脑袋冒出泥地的一刹那决定逃生，黑炭一样逃回老家，前后走了不到一个月。我妈开始和父亲生气。

这气，一生就是一辈子。我记得我生孩子时回老家坐月子，妈和爸吵，吵得我大声喊：“离婚吧。”片刻后父亲嬉皮笑脸地说："还不到离婚那步。"我说："爸，你怎么在这家里熬的？"父亲想了想说："你知道啥？我在你妈跟前还没有小学毕业，还得熬。"

这里我不得不说我的爷爷，爷爷是在远一些年扩军时参军的八路，后来战争最后胜利，身份转成了南下干部。正遇荒年，失去音信的奶奶无法养活父亲，出于对丈夫的报复心理，想把父亲丢在山里让狼吃。是小爷从山里找回父亲的。父亲便是依靠几位叔伯爷爷的呵护成长起来的。正因为有了这样的背景，父亲因山性而长成"三不管"式的人物，即小队管不住，大队管不了，公社够不上管。

父亲的家就是我后来的家。我的老家叫山神凹。这个名字需让我反复记起，它不仅是我父辈生存的地方，而且在抗战年代，是八路军的一个地下印刷厂。我的家族本不姓"葛"，从祖坟的墓碑上刻的姓氏看是姓"盖"。姓氏转变的过程也得怨我爷爷。当时大字不识一斗的爷爷入伍时，有军人问：你们家姓甚？爷爷很光荣地喊姓"盖"（盖姓念葛）。那军人说，知道，姓"葛"。用毛笔工整写下。一个"知道"断了盖姓家族的香火，从此"葛"姓在山西十里乡山神凹广延。这大体可信，族人淳厚，还不大懂得"冒姓"。

老家没什么风景，有山，有人住的窑和羊住的窑。羊住的窑比人住的窑大，因羊多而人少。羊多，族人便穿生羊毛裤、生羊毛衣。父亲因此而会织毛衣。逢年过节家穷买不起鞭炮，父亲领人到山和山的对顶上甩鞭，用牛皮辫的长鞭，长鞭一甩，因山大人少，回声也大，脆生生漫过村庄直铺天边。天边并不能看真，生生地，凝成千百年一气，鞭声滚滚滔滔跌宕过来，山里人激动得出窑，听父亲隐隐然鞭斥天宇的响彻，能把人的心吞得干干净净。这种甩鞭和赛鞭，要延续过正月十五，十五过后老家的山上没什么内容，赤条条地与荒漠的群山对峙。荒山沟里，父亲开始了他生长期的旺盛。

父亲是一个高智商的人（用现代的话说）。他不太懂音乐，夏天打一条蛇，从马尾上剪一缕马尾，再从大队的仓库里偷一段竹节，三鼓捣两鼓捣，一把二胡从他手上就流出了音乐。父亲不懂宫、商、角、徵、羽，更别说现在的哆来咪了。窑中一盏豆油灯，父亲擦一把脸，憨厚地笑一下，挽起袖管，从窑墙上拿下二胡，里外弦一“扯”，就这过程已有人对父亲手头这把民族乐器投来歆羡的目光。而真正的艺术，在父亲的手上，还没有扯开弓拉出声响。

父亲的毛笔字写得不错，不是那种龙飞凤舞的，是一溜儿正楷。父亲出名的好像不仅是这些，从小掏鸟蛋，大一点抓蛇，再大一点摸鳖。他一上午能摸一木桶鳖，用铁锅煮了让光棍汉们一起吃。他说：现在人吃鳖，大补，狗屁！我吃一辈子鳖，把十里河的鳖快吃完了，也没补出名堂。十里河的鳖从父亲开始吃后，渐少，与父亲摸鳖关系重大。父亲玩蛇能把蛇玩出神话，让它走它才敢走。玩过的蛇，父亲从不打死。我至今不清楚这种吐纳百毒的长虫，为什么在父亲手里如此服帖。那个年代，父亲的故事频繁。那是一个没有法制的年代，强悍与苦难汇合让父亲野出了风格。我妈常说："早知道你这样，我嫁给好人家也不来你这沟里。"父亲总是看着我和我妈说："你带着拖油瓶上哪儿嫁好人家？来沟里就算你享福了。"

其实，从父亲身上我学到很多东西，他的诚恳、逼真和来自大自然野性的浪漫。父亲多半不会在痛苦面前洒泪悲叹、寻死觅活。他的思想散漫得很阔，人生道路也铺展得很广。他像《水浒传》里的第一百单"九"将，该出手时比谁都出手快。路见不平，拳脚相助。在他五十五岁时，近三十岁的我还陪他到几十里之外的沁水县柿庄乡派出所交打架罚款。父亲在中年以后把兴趣逐步转向狩猎和打鱼。记得有一年夏天黄昏，父亲不知从哪里偷来夜壶，趁天黑装了炸药，五更天叫我快起床，领着我骑嘉陵摩托车翻山到另一个县。一路风驰电掣后，摩托停在山脚下。我和父亲潜入就近村庄的鱼塘。见他点了雷管使了老劲儿抡圆了胳膊把夜壶扔进鱼池，接着冲天一声响，我看到"哗啦"一声，鱼塘掀翻了。等水花落下，鱼翻着肚皮漂满了水面。我吓坏了，父亲却高兴地喊："发财了。"忙活着张开渔网准备要打捞了，村里的叫喊声朝着鱼塘这边来了。父亲来不及打捞拉着我的手抬脚就跑。

我不敢往后看，大口喘着气，跑到摩托车跟前说不上话来，喘气声把喉咙都拉伤了。

父亲于 1996 年得病。那年的正月初九，父亲从乡下给我打来电话，说自己怕是病来了，来得不轻。一贯孩子似的作风，让我忽视了他非常时期的实际。我又以非常含糊的感觉很自然等到正月十一。那天回乡后，我看到父亲在麻将桌上鏖战，胸口冲着桌沿顶着一根木头，止胃疼。我想哭。我要父亲走，他坚决不走，说要把四圈打完。从父亲的态度上，我知道他输钱了。在乡人劝说下，父亲很是不情愿地离开了麻将桌。

回到城里，一连串的检查，证明父亲是胃癌，晚期。

我说不出一句话，一句话也说不出；父亲吃不下一口饭，一口饭也吃不下。我知道，父亲气数尽了。我告诉他是胃癌，晚期。父亲难过了一下便笑了，说："我说嘛，不吃一口饭，雷锋还讲，人不吃饭不行，就不吃饭不行。一辈子就算完了。"我说："以后怎么打算？"父亲说："打算什么？父死之后见人磕头。"我说："就女儿一人，怕忙不过来，想将来火化了。"父亲不语。三天后父亲说："水，千好万好烧了爸爸就不好。你想想，我走了，活人的嘴脸要骂你，骂你把爸烧了，你愿意不落好名声？"父亲讲此话时一脸坏笑。

我是三月初三开车送父亲回老家的。沿途我买好了木板，到老家后叫了木匠赶做了棺材。我在做好的棺材里躺下试了试身长。

我站在父亲身边不语，父亲说："有话要说？"我告诉父亲："大小正好。"父亲说："躺下试了？"我说："试了。"父亲说："把它漆成红色。"我在寿棺大头写了"寿"字，因我字写得不好，远看近看都像个草书"春"。我和父亲说："坏事了，把'寿'字写成'春'了。"父亲说："还寿什么？你爸的寿已尽了。春就春，春天生，春天终。"因父亲生于 1937 年四月十五。

父亲说："死后把我放置在一个干燥的窑内，等你妈百年后一起下葬。死后多烧点冥钱，才学着打麻将，老输，那边的钱在这边可便宜买到。你写文章的人，爸爸知道你辛苦，对我这件事你千万别太寒酸，寒酸了叫那边的人笑话你写文章供不起你爸打麻将。那可就不是笑话我啊。"我哭着说："爸，怎么两边都是笑话我呀？"

爸说："闺女呀，我死了呀。"

1996 年三月初十晚，父亲拉着我的手说："闺女，我来世做牛做马报你对我的恩情。"

我说："爸，来生我们做亲父女。"

父亲哭不出来，从鼻孔流出一丝清鼻涕，眼睛死死盯着我："近跟前来，跟你说句悄悄话儿。"我近到他嘴跟前，他小声说："你能不能把你的存款都贡献出来，给爸找点不死的药？"

我闪开了，哭着说："爸，钱买不来命，毛主席都死了。"

父亲半天后说："瞅你那哭相，难看死了。我是试探你对我有多好。我能不知道，和毛主席比我不敌人家小拇指盖大？”

我不语，泪像河一样。三月十一早8时10分，我看到父亲长出了一口气，又长出了一口，没回气，父亲的眼睛就闭上了。

农历三月十三，我把父亲放置在山神凹后的羊窑内。我告慰父亲，窑内放得下十桌麻将。我给父亲烧了四麻袋张张是亿元的纸钱。活着时，我曾和父亲说，无论那边怎样情形，都要托梦给我，我好给你打点打点。

至今梦中出现的还没有父亲的影子。

父亲，你会在午后的暖阳下斜靠在我门扉前欣悦地凝视我吗？你这如此野性的城里上班的乡下男人，现在躲在老家哪道山褶子里贪玩？

痴情的小厌物和它的爷

起富是山西沁水十里乡大坪沟生产队山神凹小队的一位农民，是我的小爷。我爷爷当兵南下走时把我父亲托付给了起富和另外一位三爷，要他们关照关照，也就是说我父亲是跟着起富和三爷长大的。三爷有儿，起富孤苦一人，父亲相对和起富好，在有些事情上如同亲生。起富于前年九月去世，去世时七十三岁。起富去世后，山神凹生产小队的男女老幼都高兴。那种高兴是发自内心的，脸上虽然有泪流下，但是泪蛋蛋上挂着很是明显的喜悦。

起富不想死。没有办法，时间冷不丁就给了他一个吆喝："走啊！"

起富就安然了。

起富一生孤寡，无后。能吃在嘴里一口就是福。起富说。山神凹生产小队的男女老幼怕起富末了落个瘫症，那样，人就遭罪了。起富也怕。他说：十里岭的根保死了，三天没人知道，我上岭去看发现他的肚还在动。我就想，人到底还有一口气，还有救。我拿手摸他的肚，那动的地方就哧溜一下瘪了，我才看清是一只老鼠，老鼠从根保的裤口上窜出去，到底还是怕人。根保的肚上被老鼠咬了个洞。你说说老鼠，养你几代，养你最后吃尸了。

起富说起此事时，脸上透出一股寒气，叫人一下子就咀嚼到无数美好时光即将逝去的寒冷。

起富年轻的时候也成过家，后来媳妇跟人跑了。起富说：水浅王八多，有的是良机。可是良机一再错失。

1958 年，从河南上来三个人：一个女人带着两个男孩。女人说：河南的大锅饭吃不饱，来山西想顾个嘴。男人死了，谁收留我娘仨，谁就是孩儿他爹。生产队有人把他们领到起富的窑洞，起富算计了一下三张嘴的进出，把头摇得像拨浪鼓。女人哭着走了。生产队长王胖孩说：“起富啊，羊窑终究不是长久之地，准备得了。”（听生产队的大人们说，起富在他的羊窑内常和外村的一个女人幽会。）

起富炫耀地说：羊屎的吧嗒声，就像是雨天里窑洞的滴漏，有那么多双羊眼睛看着我，劲头才足。王胖孩狠狠地说：有你劲头才足的日子。

起富一直放羊，一开始是给生产队放，后来给自己放。每日的行程安排是：窑洞——羊窑——山上——返回来。日子没有多大起伏。起富后来把羊卖了，开了一点自留地，种了些烟叶，秋天以后把烟叶搓成烟卷卖一部分，留一部分，卖出去的换一些油盐。酱醋，起富是不买的，自己做。我见过起富做酱，把面沤烂，晒干，放进一个罐子里，添了水放火台后等发酵。那酱算不得好，也可说是能让白水煮菜中有一样颜色。

有一年我父亲让我回老家和起富过年。我十四岁，摇晃着从山坳上走进起富的窑洞时，起富说：就你？我说：啊。起富说：啊屁，我还得伺候你，知道不？我说：不用，我要让你过一个美年。一副小大人的嘴脸。

我把给起富提回来的五斤肉拿出来炒了放进一个瓷缸里。肉香引来了村里人。这样，都知道成土（我父亲叫成土）的闺女回来和起富过年了。起富的嘴像被弹簧张开了似的，一边舀了半碗肉口齿生香吧唧吧唧嚼着，一边在众人面前说着成土的好。起富说：成土比亲儿都好，把独生闺女打发回老家来和我过年，还割了肉。城市里的猪到底膘厚，不像咱农村的猪，膘瘦，整天喝刷锅水，光涮肠不长膘。众人的眼睛就齐刷刷看着我，同时也看着碗里的肉。我就有了一种想表现的欲望。我看到起富脱下来的秋衣秋裤，我说我来洗吧。起富说：你去后河提一篮子沙回来。沙提回来后，起富把沙放在我炒肉的锅里，添了柴炒。黄沙腾出一股烟时，起富把锅端下来，把沙装衣袖和裤腿里用脸盆扣了闷住衣服。

村里的人问我一些城里的事情，我就听到脸盆里有豆裂的声音传出来。我听有人和起富说：咋不早炒？年头二十八就早想听响儿了，不怕成土的闺女笑话。起富说：笑话？几千年了，就这东西好和人亲近，行不离缝，动不出裆，真是让我打发了好多好时光。

我才知道起富用沙闷虱子。这中间的一段空闲让我非常难受，我明白了我父亲为什么不回来——我母亲嫌起富脏。我是自告奋勇要回来的，这怨不得谁。我下定决心把脸盆掀开了，有一股沤麻味冲出来，我把起富的衣服取出时看到衣缝上呈现出一种亮眼的白，我身上的鸡皮疙瘩立马就鼓了出来。

一种孤军奋战的感觉。在山神凹后的蒲沟河里，我看到那虱子圆圆的，泛着红色的光芒，在水中一粒儿一粒儿随着清清的泉水流向了远方。

在泉水深处我把锅洗了一遍又一遍，最后端了一锅泉水回到窑洞。当时一窑人看着我，我从石板院中走到窑门口时就听见有几个上了年岁的女人说：从小看大，这闺女行。我的心当时就美好了起来，突然感觉到了虱子的可爱。

我看到墙上的挂历，清一色的美女泳装照，横七竖八糊在窑墙上，一团一团的白肉晃过来，便觉得窑里所有不卫生的家什都很可爱。

那些挂历是父亲回老家陪起富过年时，父亲说要买年画往起富的窑内贴，我随手从一堆商店销售的过期挂历中抽出几本给起富带上，谁知道是清一色的泳装美女照。这一下就有了效果，男女老小都往起富的窑内跑，满窑的风情，多少年了，女人终于走进了起富窑洞的墙上。

起富有两件事成了心事，这两件事曾经让起富以为是自己前世修来的福报。第一件事是起富的老相好有个闺女认亲给了他，也就是干亲。闺女嫁给了外村，父母过世后就把起富当成了自己的长辈，逢年过节来给起富拾掇拾掇。天不遂人愿，干闺女坐三轮车翻沟里了。起富哭了很长时间，已经不干队长的王胖孩和我父亲说：起富哭闺女，哭着哭着就哭起羊窑的事了。

起富哭：天长眼睛，地长心，羊窑里长成咱俩的情，你前走来，我后走，前后都留下了羊窑的影。哭得人真叫个难过。

再一个就是我父亲成土。父亲也先起富而去。当时计划是要火葬的，起富听说后从老家上来指着我的鼻子说：你要敢把我儿成土烧了，你就是天底下的大不孝。我当时的脸皮是黄刮刮的，两眼睛瞪着起富。起富说：看什么？是土里长出来的就得回土里去，你敢不让我儿成土成土？我说：谁敢不让你儿成土成土！

父亲走时说：小叔，没想到，我比你要走得快。我放心不下的就是你了，老弟兄四个就剩你一个了。要你进城里住，你不，将来怎么办？我是管不了你了，我早走一步，早走一步对你不是好事啊……

起富说：我这一辈子还会有好事？然后他倒吸一口鼻涕，呜呜地哭了起来。

起富在我父亲去世后又过了一个年。那一年的窑洞里灰冷冷的，起富的心事很重。他穿着我给他编织的毛衣在炕头上一袋一袋地抽烟，不时地从衣服里摸一个虱子出来在火台上挤一下，那声音反倒有一丝生气。起富说：这毛衣不舒服，尽藏虱子，还抠不出来，像蜂窝。我爬过去在毛衣上翻看，就看见虱子的屁股或脑袋在毛衣上露出来，我把它们找出来，一粒一粒地扔进火炉，就听得噗、噗的响声传出来。起富说：这东西寒碜啊！

我说：不寒碜。毛主席在延安的窑洞前和外国人坐着时就一边在裤腰上找虱子，一边和外国人说话，外国人不仅不觉得寒碜，还觉得毛主席真是一个了不得的人物。

起富停止了抽烟有一段时间，说：我以为，穷人长虱，贵人长疮呢！

起富当时真是有一脸的不解。他甚至不知道在西方，虱子被称为神的明珠，爬满这些东西是一个圣人必不可少的记号。可见，虱子在历史上也还算一个重要角色。皆因起富生活的地盘不大，有许多暧昧难解的问题，起富不知也在情理之中。

起富死前几个月里身体还行，就因为看到窑垴上有一棵柿子树，柿子树上遗留了几个柿子，嘴馋得想摘下来，结果从树上掉了下来。起富的左腿小腿骨折了。我回去看他时，他的腿肿了老粗，脚也不能穿鞋，趿拉着鞋在地上拄了棍走。我说：和我回城里吧？起富说：不。我说：这不是个办法，我走了，你吃水都困难！

起富说：真要不行的时候我也要给自己的命想个办法。

起富最后死时是一点办法没有，人炕上躺着，命还睁着两只眼睛。村里的人轮流给他送饭。正是农忙季节，时间一长人们就厌烦了，就想：起富，你早一些上路吧！

起富在傍晚还有阳光的时候走了。村里人后来和我说：起富的命就算是完了。

“起富”这个名字是算卦人起的，说是这孩子命孤寡，就叫起富，补命吧。一辈子到了也没有把命补富。农村中像起富这样的孤寡老人现在还有，有的是有儿不养老人，有的是无儿无女，他们老年的幸福就如同隔着窑门望星空——太遥远了。

若干年后，有关起富的记忆不知道还有多少乡人记得？他这一辈子太简单，能想起的人怕也不多。村庄就这样，一茬一茬人走了，谁又记得谁活着时的模样呢？记不住也好，予岁月稳妥，于社会安宁。

生命中那些好

村庄里一些石头房已经少了屋顶，少了屋顶的房子等于是张口要说话了。没有人能够听得懂，它的声音遭逢着时日磨洗，已经浑然不清了。村庄叫“黑山背”。

黑山背还住着一户人家。进山的路停滞在此，可看到石头垒墙的屋，石板铺地的院，一个黑衣黑裤的老人坐在院边的条石上，一双黑皮粗糙的手捧着搪瓷茶缸，茶缸上模糊着一行字“为人民服务”，水汽缭绕着他的鼻尖，一双浑浊的眼睛眯着，不时抬头望进村路。一条黑狗似乎感觉到了什么，突然出溜儿蹿上了对面屋顶，狂吠着，有一股狠气儿在吠声中弥漫。

因了常年雨水零落，进村的路杂草茂密地滋生，细细的路藏在此中。有什么晃动了一下，似乎停下了脚步，也望着这边，有几分不舍和无奈。老人的耳朵已经聋了，浑浊的眼睛可望远，但也望不见远处进村路。黑狗嘴里一呼一呼的，耳朵随着呼出的气息一激灵一激灵扇动，脑袋越发昂扬起来，随时准备射出自己的身子。老人无话，没有人可说话，除非和狗。阳光停留在黑山背上空，沟沟岔岔铺满了绿，山是庞大的，大地是宏阔的，黑山背让两种伟大之物相互融合与依托，老人是它们之间填充的卑微的物。真是一个毫无瑕疵的世界。自然，美好，偶尔的狗叫声是时间些许的松动，高远处渐渐洇开的浅灰里有一群鸟飞过来，老人喉结上下滚动了一下，一口水咽下去，鸟从头顶而过。日子庸常得很。老人是黑山背的螺钉，紧拧着黑厚的泥土，他知道泥土中暗藏着凶器，凶器时不时走近他，他偶尔被刺到被伤痛，可最怕凶器的，不是皮肉，是比皮肉更柔软的东西——村庄，村庄在消失。

老人叫郭怀。

郭怀在黑山背住了三十年，三十年前他四十多岁时从外地迁来。原来的黑山背有十几户人，大小人口六十多，一天的时间不够忙乱，鸡飞狗跳，人声嘈杂。因为黑山背是靠山而建，所有人家都是石头房，高低错落，屋后人很可能把前屋的屋顶当作自己的院子，屋下的人坐到自家院边仰起头来聊天，话头像长流水似的，在高高矮矮的房子和院落中来来回回穿梭。谁家的屋顶上没有过几回凌乱的笑声？一条河在黑山背下流过；河叫“小河”。不知什么时候，河水卷走了黑山背那些笑声，那些笑声仿佛还在枝头坠着。

黑山背四周长满了香椿树，一些野花开着，河水流出哗哗的声音，阳光明晃晃的，那些青草在能生长的地方冒出绿来，可以闻到草香。草香是黑山背唯一的香。

黑山背所有的塌落的和没有塌落的屋门上都贴着红红的对联，有的写着“惜花春起早，爱月夜眠迟”，有的写着“明月松间照，春风柳上归”，郭怀家的屋门上贴着“向阳门第春常在，积善人家庆有余”。这些对联都是郭怀贴上去的。只要村庄有一个人在，黑山背就得有个村庄的样子。郭怀起身泼掉茶缸里的水，走到柴火堆前抽出一根柴，要生火做饭了。斑驳的石头墙上生出了一大片苔藓，苔藓衬出他苍老的影子，他长叹了一声说：我吃饭是为了好生出力气来死啊。

黑狗突然跃上一户屋顶，犹不解气，冲着进村的细路狂奔而去。黑狗飞奔而去时，草丛中的小动物迅疾不见了身影。

黑山背的天空不是黑下来的，是蓝，深蓝，黑蓝，然后蓝黑了。天空布满了星星，一个半圆的月亮吊在那里，石头砌出的房子在月明下幽暗闪亮，仿佛不是普通的石头，是花岗岩，是汉白玉。一只白色的猫在一所石头屋前看着什么叫着。郭怀走近它，从口袋里掏出一块红薯放在屋前的粗瓷老碗里。白猫眼睛深情地望着他。郭怀蹲下身子，他突然感觉到了冷。白猫是黑山背人留下和他搭伴过日子的，走往山外的人说：“猫留给你，叫它和你做个伴儿。”

他和白猫说：

星星和月明都在天空呢。

你看看我满是皱纹的脸。

这黑夜啊，干净得像一碗水，让人心难过呢。

白猫喵喵叫两声，猫最喜欢的食物就是红薯。

郭怀起身打着手电往别的屋子里去，塌落了的屋子能望见天。走进去和走出来，郭怀都熟络得很。一院一院走，黑粘在墙壁上，他抚摸着黑，回想着，这屋子的顶是一场雨淋塌的。一场雨下了一星期，他一直在屋子里没有出门，出门时发现黑山背的屋子塌了好几户。一点响声都没有。那场雨过后，他就坐在自己家的院边上流泪。身体中似乎还有血性在涌动，他走近那些塌落的屋前，毫无例外地感受到了伤害，他想吵架，大张着嘴，没有对手。

黑山背的人走出山似乎也是一夜之间的事情。走出黑山背是社会大背景，自己的两个儿子也走了。郭怀不走，坚决不走。有一天他突然发现黑山背只剩下了几个老人，少了许多瞪眼跺脚的年轻人，记忆中好几次想听到他们没办法活下去又回到了黑山背的消息，可是黑黝黝的夜里那消息走失了似的。年轻人怕是再都不回来了，余下的日子只能一个人想象了。那些笼罩着童真的顽皮和胡闹的“恶作剧”，再也听不见骨关节落在头上的梆梆声了。人这一辈子发愤图强就是为了背井离乡呀。终于有一天黑山背走得只剩下了郭怀。

透过窗玻璃望黑漆漆的远山，眉似的下弦月，远了，淡了，一丝云拢着月，先是透出亮白，慢慢地就沉出了灰，月和云几乎变成了一个颜色。这时的天，无边的森冷的烟青笼罩着，天底下是黑魆魆的山形、手掌一样伸出的树木。山头上透出了青白，慢慢地隐现出了晓色，一层深褐，一层浅橘，渐渐地能看出近山的绿了。郭怀坐起来揉了揉眼窝，他一直没有改掉一早上工的习惯。河边一片一片熟黄的麦地里，麦子在由绿变黄，由软变硬，由秕变饱，由湿变干。该磨镰刀了。磨镰声在黑山背的清晨响起，也是黑山背宁静的韵致。日头红了几天，他决定割麦，拿了镰刀、戴了草帽进了麦田，抡起臂膀开割，一上午麦地里的麦子全部倒伏。看着倒伏的麦子，郭怀顾自笑了，笑对青山。那些年打麦时，黑山背人脸上像天空似的灿烂，迎面见着了总想开个啥玩笑，麦场上光屁股的娃娃们吵闹得就像捅了一扁担的马蜂窝，呜，跑那边了，呜，跑这边了，都不想逮蚂蚱捞螃蟹下河，就想在麦场上翻筋斗。割得早的人先把碌碡拽进场，有小孩早早从家里拿了笊篱站在旁边，牛拖拽着碌碡小快步在场上转，不知谁大声喊一句“牛屙下了”，一群孩子拿着笊篱一起往牛屁股下伸。打麦场上的日子要红火好久，一场接一场打，女人们一簸箕一簸箕把麦粒簸出来，再一簸箕一簸箕把麦子装进粮袋里。收罢麦子种豆，锄地，搂草，罢了就开始收秋粮了。热闹是一场接一场。

郭怀把麦子挑回自己的院子，院子就是场，以前的场早就荒草从生了。

一个人的四季，一个人的村庄。无边无际的寂静来了，他站着不动，远处蓝天高远，近处青草恣肆，万物都蓄着一腔生命的朝气呀，只有他的胸腔里固执地呼唤着自己陈旧的往事。院子里的猫和狗都睡了，睡如小死。只有郭怀在想着，不离开村庄是因为村庄里曾经有过的那些个好，他舍不得那些个好呀……

驴是兄弟

不知从什么时候开始，故乡的驴对于我来说，就已演变成为我童年的兄弟姐妹，一些难以忘怀的季节的冷暖景致，一些远离文明的诗意的原始情怀，而不再是一般的劳动工具和牲口的浅表印象。真是这样，庄稼人知道，人与牲畜的缠绊比提起的话题更牢更长更如雨露阳光时，人才会接近人模样。乡间的土窑，小石门洞的暖炕和窑掌深处的驴——没有人能够明白，人与驴同住一窑的风景。祖父说，驴是兄弟，它不会背人的视线而走向不归，蹄脚老了就凭借风力。印象中的风景都被驴走尽了，遥远而又凝固，仿佛暖阳下的苍山，只在自己的故园，只在窑洞。

这是一个充满遗憾的世界，用什么来抵御岁月的风霜？牲畜成为庄稼人一种安详的依附。童年时随祖父骑驴出山放羊。寂静的午后，胯下的驴踏起阳光下的尘土，羊群在温暖睡意中被镀上了薄金，空气中山林的气味儿浓得像是液态。松树的针叶从脸上抚过，会看见腐殖的泥土透出的松菇，朗晴的满目皆是的圆润的黄。这时的羊群如果无知或故意分群，山下的驴会扬起后腿，颐指气使，蹄声归处，分群的羊会在这“嗒嗒”声中安然复群，这是动物间一种奇怪的默契。祖父回头笑骂驴一句，然后勒细嗓子唱：“皇天后土人儿黄尘小，苍山绿水牲儿浮萍大……”那声音荡起天地一片瑞祥。

庄稼人知道，生命耗尽本能才会存活。存活的幸福和好天气一样，有，但不会很多。天地之间，风霜雨雪，人类彼此依存及农业耕种的开始，就意味着一切的到来。人养了牲畜作为农耕劳力，是人类出于对自己生命的功利主义，也是出于那些生命的善良和驯服。牛羊追水草，人子逐牛羊，迤逦一途。生命等同于四季，是牲畜使人类浪游的脚步停下来，并根植出了乐土息壤。

还记得冬日里和祖父一起出山驮煤。天近黄昏，雪片飞扬。雪天里直程的背阴路因寒风吹滞，滑溜狭窄，驴鞍头挂辔，笼嘴系缰，走，打滑，一人牵，一人打，生命延续，彼此交困。驴处险，将后蹄牢牢把住雪地，前蹄实际上已经打滑。祖父身体抽抖，注力于双脚，贴附于路边山坎，只用眼睛看驴。祖父说：“水，快脱去我的鞋袜。”天寒地冻，祖父赤脚着地，趾肚、脚掌似乎有牙，冒出丝丝白气。祖父屏气不敢大声呼吸，使出“驴劲”。生凉的地气能把人的骨缝扎透。那真个是一幅人类艰辛的生存之图，先是蕴含着无尽的力，之后就是心头的一线明悟——这是人类存活的永远经典。

踩过的雪地留下一汪清水。生命的庞大与卑微，是以怎样一种方式存在的呢？走上山顶，看见村庄的窑洞，满世界苍凉的白。雪中炭——人与驴如水墨画上甩出的斑点墨迹，祖母在窑顶上眺望山头，晃着一根桃木棍子，我在雪天的驴背上疯喊着祖母，那声音显得那么渺小和孤独，且透射着俗世的暖意。

祖父说，老驴灵性，工于识途、警路、避险。在没有路延伸的崖壁前，人若强行，驴也会气恼人的愚昧，歪着脖子，两腿夹尾，回避崖塌泥陷。驴做乘骑不欺生，一根桑条握手，通过骑乘重量的分流变化即会右行或左转。记得一年春上祖父牵驴出山跳马，腊月里驴生驴骡。叫驴跳马，母马所生为马骡，儿马跳驴，母驴所生为驴骡。老驴体弱无乳，祖父让我去和叔伯婶婶说，要她给小驹一口奶吃。月子里丧子的婶婶羞红了脸走进窑洞，祖父避羞走出窑洞，婶婶解了衣扣，托乳相赠，小驹不受，惊惧退缩。无奈叫了叔叔来，叔叔气盛，从老驴身上揪下一把驴毛，缠在婶婶乳头上。时是黄昏，可以清晰地听到小驹吸乳之声，那是生命繁衍的本源之声。年轻的婶婶肌肤透亮，在黄昏的天青下流溢出丝绸般的光泽。婶婶有泪流下，那是失子的疼痛中艰难赎回的幸福。多少日子，她就这样在悲伤的边缘上喂养了小驹。生命的等级超越了，那苍苍深山中血脉里流淌着的是一种什么样的伦理道德——款款情深啊，很亲切，很亲切。

庄稼人给予牲畜的爱，也许可以用无私的母爱来比喻，但我认为它远远超出了母爱。大自然所具的那种永恒、自在、单纯、朴素的性格，培植出了庄稼人的良善。山高水长，由于自然的素朴，庄稼人的爱，就如山中日月，明澈而高洁。

眼下，驴突然少了。我沿着沁河走，温情如故，友情如故，再孤寂的心也会为两岸的村庄动容。为什么河沟里没有驴？门前的树上没有拴着驴？驴不是朝三暮四的动物，它本色，涵纳很深的教养，以及对人的依赖和安全感。只要一根缰绳在手，它永不会厚此薄彼。一路走来，我真的没有看到驴。乡间有两种动物，一种是人，一种是家畜。人占据了大地和天空的两个世界，人是能牵制和使用家畜的高级动物，人放弃什么都不能放弃家畜。放弃便意味着将要背井离乡。

从前的正月，我还记得胸前糊着驴头的小媳妇在公社的广场上闹十五。广场是一块并不太宽敞的坪地，前来闹十五的人们席地而坐。那几头人扮的驴蹦跳着穿越人群，来自这“几头驴”的热烈的民间声音让坐着的人跳起来，笑声烂漫如即将到来的春天，鲜活得叫人想着世界会永远繁花似锦。驴让我对往昔那些个真实的日子怀想和凭吊，我的目光在追寻它的同时，看到丰收的田野上缺少了驴的身影，怎么都觉得少了幸福的指向。

有一天，我心情郁悒，从书架上乱翻一通，抽出一本杂书，看到有人写汉时驴曾是贵族宠物，人人皆学驴鸣，驴叫声成为一天里最好的将息。写魏文帝别出心裁，给臣下王仲宣送葬时，令官员每人各作一声驴鸣，送王西行。山野旷地驴鸣声此起彼伏，实为空前壮观。驴生活在那样一种历史背景下，是多么的旷达和动人。

风霜雨雪在时间中潜隐地流过，驴走到现在“上下山谷”已成为“野人所用耳”。人类的苦难早已浸渍了爱的双臂，驴的体貌已被岁月咬噬得骨瘦嶙峋。假如以最早出现生命的形式来想，人与驴也没有什么不同，都是自然选择进化出来的东西。每每想到故乡的驴，就会想到驴的眼睛，直戳戳的，一切悲怆意味全在温柔里。

驴在远离人类喧嚣的田野里耕作，随缘放达。有农人在地垄上用火镰敲出一缕烟尘，春山鸟鸣，我在追忆极苦极甜的缠络中，想神闲气定的乡村，想生活羁绊中愚冥孤独的驴，心，就会滋生出一腔生生的痛。上帝有意设置了这样一种未来，我们只能告别和放弃所有意义上诗意的原始了。

猫 叫 春

我是凡胎肉身，早一天，晚一天，早晚有一天我会知道性。

记忆是很奇怪的东西，有些事情可以忘得犹如曾经没有发生过，然而，我永远忘不掉那一瞬。

那一年，我十岁，暑假，妈妈把我送回了山神凹。小爷看我回来很高兴，小奶奶整天变着花样给我吃，我高兴坏了。白天玩疯了，夜里早早躺在小爷和小奶奶对面的炕上。夏天的夜里，山神凹的人们来窑里串门，大都是心焦我爸爸带给小爷的五包烟丝。坐在对面炕上的人，你一锅我一锅轮流吸，掺杂说一些山外的事。烟雾缭绕，我听着听着眼皮子就开始打架了，他们什么时候走的，我一点也不清楚。夜静的时候，我听到了一声婴儿的怪叫——“呜哇”，是小爷家的狸猫。我睁大了眼睛，透过窗户上的玻璃有月明儿照进来，照得不真实。院子里的枣树枝挤在窗框处被风拂闹得乱晃，我想那枣树上的黄红青绿，唇舌间就泛出一股酸水来。很奇怪的事情，我打小就没有怕过黑暗，睁眼见黑“云破月来花弄影”。我最喜欢看那些黑影下婆娑的风流姿态。

趴在窗格上透过玻璃看外面，窑墙上不知谁家的一只白猫俯视着院子里，地上小爷家的花狸猫四蹄软得立不起来，趴卧在地上。只见那只白猫从窑墙上俯冲下来，整个身体跌落在狸猫身上。“呜哇”，说不清楚那声音里有怎样的味道。白猫跳起再一次爬上院墙，再次跳下来，很准确地扑向狸猫，狸猫呆傻地再一次“呜哇”一声。我看天上，有流星细线一样一晃，暗了。我的心隙被窗外的景象惊得清亮，反复不断的动作持续了大约有二十分钟，之后，那只在墙头上的白猫不动了。狸猫在地上开始一声接一声叫，迫切乞求对方跌落下来伤害它。我看到狸猫返身走到枣树前，边叫边用爪子抓着树根。窑头上扬起了一阵风，枣树的叶子落下来，那只白猫跳下墙头从狸猫身前走过，狸猫受到什么感染似的跟了它去。许久，对面炕上的小奶奶说：“该死的猫，又叫春了。”

我看到安静的天空，星星变得吝啬起来，晃到地上，都是脆弱的光线。猫为什么要叫春呢？

我带着狐疑入睡。那一夜的梦扰乱了我。早上醒来的第一眼我看到小奶奶在灶火前往里添柴，窑洞里弥漫着烟气。我站在炕上卷铺盖，卷好后我问小奶奶：“奶，什么叫猫叫春？”小奶奶笑着说：“母猫想公猫了。”“为什么母猫要想公猫？”“母猫想怀小猫了。”“为什么想怀小猫了？”“打破砂锅问到底。”“奶说呀？”“等你长大了，也想叫春。”

跑出窑门见到隔壁的婶，我说：“我想叫春。”

婶说：“想啥？”

我说：“跟母猫一样叫春。”

婶拍了大腿一下，嘎嘎大笑起来：“小小的，咋就想做那下流事？”

我从此害怕那个“春”字。有一天，我姑姑到学校看我妈妈，姑姑叫春苗，我妈妈只叫她一个字：春。我瞪着眼睛看了她一眼，拒绝和姑姑说话，背地里我骂她：下流姑姑。

那个春啊，它给了四季韵调、情趣、变换，春把冬天那一疙瘩冰暖化了。狸猫生了一窝四只小白猫，生命活力和温馨生动着一团一团的光，活泼在窑洞里。时间在它们打闹时碰响，它们从窑洞里能走到外面时，从小爷的窑洞四散而去，去重复生命的春天。

春，强大、有力而永恒。它谦卑地风骚在黑夜的波涛里，它是一场风暴，在深幽莫测的地方，闪过心的痉挛，它是原始的，它敏感、愉悦，像电击一样，一瞬间击中遍布肉体的每一个角落，它让生命在黑夜里沉沦。

花香气，草鲜味，土地的腥膻，春，真的是让人弥漫着一股兴奋焦急的情绪。

大地是马的长旅

我一直喜欢往事，比如往事中的从前，离绿水青山都很近，更主要的是骑一匹瘦马，把自己简单地放在马脊上，风刮着青草的气息，驮着我和比时间更清醒的天空，在人世间，我走我的长旅。

时间对人的侵入，说到底是情感的侵入。我出生在马年。马，一头神秘走兽。在人间，当夜晚隐身于朝露，我的出生以一双赤足走来，没有异相。

童年时站在半山腰上，看风从谷底扬起，风涌浪一般拂过坡谷，涌浪一般冲上山梁。那哪里是风，是一匹马，张着扩大的鼻翼，它奔驰而过，轻灵得让我啜泣。一匹马走过，在我的往事里永在。

峰谷之间，假如有灵魂生成，嗒嗒的马蹄能够敲醒。

生肖，这人类世界的奇特现象，不仅中国有。费尔巴哈指出："人之所以为人，要依靠动物，而人的生命和存在所依靠的东西，对于人来说就是神。"生肖起源于人对动物的崇拜，世界大同。

我的马神，你藏满了我命运密码的天机，我走，我觉悟，我庆幸我出生在穷人家里。我虽然不能把一生的悲喜交给泥土，但是，你护佑并告诉我，只有劳作，才能知道季节的冷暖。你山脉一样引领我，顺着大地的谷地，让我从来都没有离开过土地跳动的心脏。

青年时我读李贺的《马诗》，它押着汉字的韵脚，是精神深处的诗歌。如果让我回到唐朝，我愿意做一件三彩，一只陶马，不去糟蹋和消耗五谷，如果可能，我要嘶鸣一卷经文给不通佛语的月亮，并用我的脊驮着携雨的云走往干旱的地方。

“此马非凡马，房星本是星。向前敲瘦骨，犹自带铜声。”（唐李贺《马诗》之四）

如此喜欢。哑默的空气被撕裂了，在视觉里留下鳞状的踪迹，让我冥想云的波纹。

马是我的神，同时我也是马命之人。

马从历史中穿越而来。马的形象最早见于甲骨文，一般都状其侧面，发展下去又见青铜器上的狩猎图，马的形象被结合在复杂的图案中。从著名的四耳猎盂可以看到，马，甲骨文先书后契，铜器图文先画后刻，一路而来，马在艺术中滥觞。

唐王朝为了开拓疆土，巩固国防，如此重视骑兵力量。明皇开元初有马二十四万匹，开元十三年（725）增加至四十三万匹，天宝十三载（754），据陇右牧使报告，仅这一牧区有马三十二万五千余匹，这么多的马都是唐王朝的保卫者。

世界上如果有一种动物既懂人性又善用骨力追风，那便是马。“顾自清高气神稳”，唐王朝辽阔的疆域，被六匹骏马驮着急驰，一个王朝，那些吟诗的唐人缎子一样的吟咏，最后石化出了雕塑的悲伤。

马到成功，愿马年天下文章多见筋骨！

我这一生一直拽着一匹走马的缰绳，它牵着我顺着大地的骨缝走出村庄，走往远处。然而，可供我耕读的不是远方，我的心跳一直诱我怀乡，我不能遗失我的马坊，还有那马粪和谷草的清香。老马识途，庆幸它从未让我脱离开季节。想起今夜的小米稀粥，想起简单从没有多余话语的娘亲，如一匹马不能失去丘陵，我的走马盯着村庄白天和夜晚的容颜，告诉我，一座村庄比一座城市更为重要。

脚步是养不住的，我再一次走进马年。

马，马年，马神，马命，马蹄踏着鲜花走过大地，我愿我是马年村庄里一个最浪漫的人，我的走马牵着我就这样行吟土地，就这样孤独成一张剪纸，就这样在大地上走着。我从不怕失去形象的重量，只要在大地上，走到下一个马年，我满头白发，在阳光的切面上，我和我的马神说：兄弟，大地是我们的长旅，搭伴儿走日子，一路都会遇见太阳和星光。

炕墙画把从前推向更远

窑洞，最美好的地儿是炕。多少年之后，我居然在单元楼里盘了炕，青砖勾缝，榆木炕沿，炕心里铺了羊毛毡，炕桌上放了我收藏的油灯。傍晚，天光暗了，我说不出此时到底藏着什么打湿心灵的东西，它们冒出来，诱使我把灯树上的蜡烛点燃，心旌神摇那一瞬，我盘腿坐在炕上看炕墙画中的戏剧故事，一不小心看进去了，在眼瞳适应黄昏麻糊的那一瞬间，我看见了历史遥远的身世，尽管覆上了时间的尘衣，但这并不能让我回避，炕墙画中的戏曲故事感动了我，成为我童年文学想象启动的开始。

那些用戏剧故事说教来保障整个民间的凝聚力，那些富于心灵激情的演绎，常常在昏暗的油灯下挑逗我，我显得离那个时代很近。炕墙上闪现出一些棱角分明的人，我仰望他们。这样的灰暗养育了灵气，灰暗中生命的形体再现并传递给了我国仇家恨。戏曲故事如同乡村普遍需要的空气、水和阳光，如同时间的观念，在乡村老年人口口相传的故事中，让我尝试了童年的另一种人生。

追随信仰的时代已经远去。在没有英雄的时代戏曲演义了英雄。

享受一个人的时光，在孤独中明白：万事万物诸多情谊都有怀恋，只要懂得，都是贵重。

一

我落生在炕上。

生我的那一年，妈妈在石碾前簸谷子，突然肚子疼，她的婆婆说，快，上炕。

我的出生没有异象。

十月，青草繁茂。正午的日头照亮了接生婆的小脚，忙乱中进进出出，紧束的围裙如同克制的欲望，没有多余的背景，炕，一张席片，一围炕墙画，妈妈扎着马步，接生婆说："把劲使到肚尖上啊。"

我的出生，妈妈用了一个很可恶的词：红蛐蛐似的跌下来了（大约指那种鼠科、猫科动物的初生）。妈妈说，百日后，你望着炕墙画笑，笑起来好看，我才知道你是我身上掉下来的肉，知道心疼你。

一年后父母离异，万事过去皆与我无关。

三岁上，继父来相亲。妈妈坐在姥姥家的门墩上抱着我，我坐在她的一条腿上，她的另一条腿则搭在门槛上不让陌生人进门。继父无聊，站着端详了妈妈半天，妈妈手里掰着一只秋桃子，一点一点送进我的小嘴里，我像小驴一样惊异地看着陌生人，嘴片错愕，有口水流下来，继父扔过来一卷很糙的卫生纸。那时候乡下人没见过这么薄透的纸，妈妈抬眼看了他一眼，搭在门槛上的腿缩回来，继父进门。

我随妈妈嫁人时三岁。

山神凹。那时候，院子里有两棵枣树，秋天枣儿红了。驴拴在枣树下，我和妈妈扶着树撇腿下了驴脊，揉揉酸困的腿肚子进窑，上炕。炕桌上放着一碗红糖水，窑洞里的小奶奶四颗镂空金牙露出来，好奇地看着妈妈和窝在她怀里的我，大概我与妈妈都很生动引人。山神凹的女人们从窑门上挤进来，空气如水流动。有人说："小闺女好看。"窑洞里的小奶奶说："是我成土的闺女。"

都是一夜之间的事情。翻过一座山头我成了葛家闺女。

小爷没有儿子，小奶奶要大小爷十几岁，嫁过来时错过了生育年龄，我祖父早年扩军时参军南下生死不明，这样，我继父就等于过继在我小爷名下。

小爷的窑洞里有两盘炕，互相对应着，炕墙画底色一蓝一绿，遥相呼应，一边画"太公垂钓""桃园结义""三顾茅庐"，一边画"貂蝉拜月""苏武牧羊""梁山伯与祝英台"，边道上是花团锦簇尽显喧闹的春色。窑炕上因了炕墙画，有一股说不出的勃勃生机。炕上两领羊毛黑毡，白天时铺盖是卷着的，夜晚，卷着的铺盖展开来。窑墙上还挖了洞，洞很小，像一眼小窑洞。小窑洞里放了细粮，比如麦子，都用一斗缸装。那年月，因为是集体制，农民改叫社员，秋后分粮，社员人均口粮，麦子也就只能分十几斤，苦日子过惯了，细粮不舍得吃，留着过年。粮食是有味道的，不单单是一个香字。一个冬天里，窑洞里最活跃的是老鼠，闻香而来。小爷不叫老鼠，叫老君爷。窑内中堂前的方桌腿上敬奉有老君爷的牌位。黑是老鼠最喜欢的颜色，四只爪子细脚伶仃，夜里走路收收缩缩，不显山水。

火炕垒在进门处，临门有窗，窗户最下一格有猫出入，常常不糊窗户纸，用钉子钉一帘花布，猫在此自由活动。

有一段时间老鼠成灾，小爷下了许多鼠药，猫吃了药死的老鼠大都死了。灾难降临的时候，真是平分秋色啊。这下，老鼠的孙子们欢喜死了。窑梁上挂了玉米，五更天，老鼠开始夜生活。它们叽嘛乱叫着，有从梁上掉下来的，放肆的大笑声扰得炕上睡觉的人气恼得要学几声猫叫吓唬老鼠。

小有停顿，也许老鼠想：人哪，也仅仅扮演了一个岁月喑哑的歌者。

六岁那年夏天的一个中午，我在炕上午睡，看见一只老鼠从地锅前爬上炕，小眼睛贼溜溜儿的，它顺着炕沿越过我走到我的脚头，我抬起头轻声叫了一声“哎”，它停顿了一下，身躯稍向后仰了仰，似在微微着力，想要回头，那神态，慵懒到不慌不忙。时间慢下来，我指望它能回头，接下来它还是稍息一下走了。它爬上窗台钻出窗户下方的猫洞，布帘子晃动了一下，仿佛一切没有发生过，我很伤感。屋外的蝉，浑圆而饱满地叫着，我坐在炕上，一副伤身伤世的样子。小奶奶在对面炕上剪鞋样，看着我失落的小样，从花肚兜里摸出一块糖递给我。迢递的安宁，窑外，蝉声一声接一声落下来，我跳下炕走出窑，等那细脚伶仃的“它”回来。

有一种纹理，它沿着成长的肌肤深深嵌进来。我对家的概念，是一进门不由分说地陷进炕上。任何一种光影的闪现都不能去除我对炕的怀恋。炕和祖先一样功德无量。祖先的功德是繁衍子孙，没有祖先也就没有后人。炕上生育，炕下生活。什么样的时代，便有什么样的艺术，只有睡过炕的人才知道炕的好处。乡间窑洞里的人从来不知道什么叫沙发，炕是人们生活的舞台，进窑的人说话吃饭都坐在炕上，一铺炕有时候能放下七八个人。

记忆中炕上铺羊毛毡，每到冬天，小爷都要剪羊毛擀毡。擀毡的主要工具是弹杖和一床木帘。弹杖用来反复均匀羊毛，如弹棉花的棉花客，弹杖被拉扯得“嗡嗡嗡”响，好听极了。擀毡需要豆面，豆面有黏性，羊毛和豆面掺和在一起，怕虫蛀常要熬一些花椒水搅拌进去。木帘用来铺平羊毛，而主要的工序全是脚踩手揉。擀一领毡要用去两个汉子三天时间。擀毡的日子里，窑洞里的气氛显得温情脉脉，很多很多的细节都极其可爱。比如，小奶奶会因小爷双手双脚沾满了羊毛，要端着碗喂小爷饭吃，一口饭一口菜地夹在小爷嘴边，小爷那兜不住又想细嚼慢咽的样子极是滑稽。

铺了毡的炕，夏天隔潮，冬天保暖。因小爷是放羊的羊倌，近水楼台，窑炕上常铺两领毡，厚一些毛质不好的贴着席片铺，上面的毡是绵羊毛，坐上去要柔软许多。炕是火炕，与脚地上的地灶相连接，烧火做饭时烟就从炕下面的炕洞子通过，饭熟时炕就热了。有时候冬天里仅靠烧火做饭把炕烧热还不行，还要在炕洞子里烧柴。夜晚的炕头因是炕洞热度要高一些，炕梢不及炕头热。晚上睡觉时我早早躺在炕头，不愿意睡炕梢。

二

在乡间，会画炕墙画的油匠很吃香，谁家没有两铺炕呢？炕墙画的艺术形式是壁画、建筑彩绘、年画的复合体。躺在炕上脸朝炕墙，看那月光下的美好，常常会觉得自己要融化进去了，整个夜晚的世界会在入睡前忘记贫穷。

光说炕墙画的边道就很有讲究，常用的有褪色边、玉带边、竹节边、边棠边、冰竹梅边、卷书边、万字边、狮子滚绣球边、富贵不断头边、暗八仙边（八仙手持的道具）、鹤寿边（白鹤与各种寿字）、福寿边（佛手与桃或蝙蝠与寿字）、金玉满堂边（金鱼加水草水纹）等，可谓是百色百样，美不胜收。每套炕墙画边道的繁简多寡不尽相同。同边道相配的还有几种图案纹样，画在画空两旁的为“卡头”，设在第二组边道下面角隅处的称作“角云子”，这些图案都是“细炕围”的附加装饰。

小时候出山到外村去看人家的炕墙画，历史典故和戏剧故事的各种“选段”集锦式“会串”在炕墙上，一路看过来，比较历史典故我更喜欢戏剧故事，“小红低唱我吹箫”的幽幽怨怨似乎更适合生殖的热炕。

90 年代末期我有过一本画炕墙画的手绘本。其中有一张画的是苏武牧羊。画中的苏武满脸愁苦，站在贝加尔湖边，向南而望。飞雪如鹅毛般飞舞，我能感觉寒气如命运中戕害他的利刃正威逼而来。画上的苏武，面孔清癯、愁苦，白眉白须在风雪中奓开来，不禁让我寒栗。他头上包着蓝色头巾，手里握着汉使节杖，节杖上有红缨子，似是牦牛尾毛。满纸苍凉一点红，水墨重彩下有字写在画的左上方：“塞外牧羊十九年，汉朝苏武大英贤。不服番邦总归汉，功臣阁上姓名传。”

不知为什么，我对那四行字极其厌恶。

长髯、节杖，以及他单薄的黑色斗篷，这些都让我看到了一个汉使的忠贞和尊严。那文字怎么都显得多余了。

喜欢苏武，无论炕墙画中的苏武是以什么样的形象出现，我都会痴了一般俯卧在炕上思忖半天。

苏武早年以父荫为郎，稍迁至移中厩监。用当下的话说，苏武是“官二代”，苏武很看重家族给他带来的这份荣誉，努力工作，要求进步。一个人要刻意把握命运时，命运却往往又会刻意地改变他。西汉初，当时处于中原地区的汉朝和西北少数民族政权匈奴的关系时好时坏。天汉元年（前 100 年），匈奴政权新单于即位，尊大汉为丈人（对长辈的尊称），汉武帝为了表示恩慈，派遣苏武率领一百多人，带了许多财物出使匈奴。这对命运中的苏武来说，或许是一次新生。

苏武出发的时候，没有意识到命运会逆转，一路顺利到达。不料，就在苏武完成了出使任务，准备返回自己的国家时，匈奴上层发生了宫廷斗争，苏武一行受到牵连，被扣留下来，并被要求背叛汉朝，臣服单于。这时候苏武的人格魅力显现了，刚强的心如同遭到锤子撞击，倏然间屹立在了天地间。他对下属说：“屈节辱命，虽生，何面目以归汉！”他抽剑自刎，被救了过来。被救活的那一瞬间死已不重要了。

单于不希望苏武死，死太容易了，生不如死才……苏武的愤怒不是可直比天空嘛，那就让他的命运和天相连。

狡猾的单于先是派从汉朝投降过来的卫律劝说苏武。卫律说自己受到单于的大恩，赐我爵号，让我称王；拥有奴隶数万，马和其他牲畜满山，如此富贵。苏武你今日投降，明日也是这样。人就一辈子，咋活也是活，白白地把身体给草地做了肥料，汉朝谁又知道你呢？你为谁守节！又有谁会说你是功臣！苏武对卫律破口大骂。苏武的表现使单于越发想要他投降，单于就把苏武囚禁起来，放在地窖里面，不给他吃喝。天下雪，苏武卧着嚼雪，同毡毛一起吞下充饥，几日不死。单于惊讶，以为他是汉朝的神仙，就把苏武迁移到北海没有人的地方，让他放牧公羊，并阴毒地说：你什么时候能让公羊生了小羊，我就放你回归汉朝。

北海牧羊，背负自己沉重的命运，在寒冷荒寂中度过了十九年岁月。这中间来过一个人——汉朝投降过来的另一武将李陵。

那时的苏武已经形同野人，苏武怀抱节杖，系在节杖上的牦牛尾毛已经全部脱落。看着苏武的样子，李陵忍不住告诉了苏武离开汉朝后他家中发生的事情：苏武的哥哥扶武帝下殿阶时，碰到了柱子上，被定“大不敬”之罪处死。弟弟受命去追捕一名宦官，没抓到，因害怕定罪而服毒自杀。年迈的母亲在悲伤中郁郁而死，年轻的妻子改嫁他人。家中只有两个妹妹，生了两个女孩和一个男孩，如今又过了十多年，生死不知。

李陵拿自己说服苏武，他说，我刚投降时，终日精神恍恍惚惚，几乎要发狂，自己痛心对不起汉廷，加上老母被拘禁在保宫，你不想投降的心情，怎能超过当时我李陵呢！你对武帝抱着幻想，可如今他年迈昏庸，法令无常，大臣无罪而全家被杀的有十几家，安危不可预料。你还打算为谁守节呢？

苏武听李陵讲完家中事情，眼中无泪，武将李陵大哭。

哭太容易了，苦到哭不出呢？

苏武说，我料定自己已经是死的人了，一定要说服我投降，我就死在你面前。

李陵伏地大哭，口喊：义士！

苏武两眼空空，空如深井。

三

我能想象贝加尔湖的冬天，在冰天雪地的漠北穹庐（蒙古包），一位面容憔悴、须发尽白，啮雪吞旃、牧羊北海的老者苏武，一位曾以五千之卒“横挑强胡”，终于“矢尽道穷”而屈降匈奴的武将李陵，两位酌酒对饮，酒无热气，炎凉之世道，人生的无尽残恸，什么是他们心口的那一股暖热？

国吗？家吗？生吗？死吗？

李陵哀慨难抑，席间“起舞”，唱出了“壹绝长别”的悲歌：

> 径万里兮度沙漠，为君将兮奋匈奴。
>
> 路穷绝兮矢刃摧，士众灭兮名已隤。
>
> 老母已死，虽欲报恩将安归？

李陵投降，内心已没有反对的声音。

苏武有，就是那汉使节杖。那始终是他对抗命运虚无的武器。

多么醉心于苏武，他纤细的质感、孤苦的意境和始终不逾矩的情感述说，一直在感动着我，从而使我一直盼望着能够在戏剧里再现。

然而，戏剧里他们是怎么见面的？看那一句紧似一句的问答：

李陵：苏……苏仁兄！（唱）不由叫人痛伤怀。弟兄们相会在，

苏武：（唱）荒郊外。

李陵：（唱）我含羞带愧，

苏武：（唱）跪尘埃。

李陵：（唱）观见兄衣衫褴褛，

苏武：（唱）你冠戴。

李陵：（唱）珠泪滚滚，

苏武：（唱）洒下来。

李陵：（唱）弟奉命领兵，

苏武：（唱）边关外。

李陵：（唱）征战胡儿，

苏武：（唱）你就显将才。

李陵：（唱）胡儿骁勇，

苏武：（唱）我兵败。

李陵：（唱）为国尽忠，

苏武：（唱）理应该。

李陵：（唱）谁料想误中奸计阵前被擒，

苏武：（唱）纵然间一死也畅快。

李陵：（唱）可怜我求生不能欲死不得，

苏武：（唱）你怎样安排?

李陵：（唱）他劝我投降他国，

苏武：（唱）你就该不瞅又不睬。

李陵：（唱）无奈了，暂且投降北国，

苏武：（唱）你就大不该。

李陵：（唱）且留我有用之身，

苏武：（唱）你名誉坏。

一来一往一唱一和，舞台上拍案叫绝的场景就这样被娱乐化了。

苏武完全被剧本设计了。曾经的苏武衣冠楚楚，有自己既定的生活方式，那副高贵的皮囊就是他立足于社会的基础和抱负的体现。假如活在当下，那是冰淇淋要吃“哈根达斯”，咖啡要喝“星巴克”，鞋要穿“阿迪达斯”，车要开“法拉利”，酒要喝“轩尼诗理查”的——出身代表了消费水平，苏武可以尽情挥霍金钱，因为贪图享乐才是人的本性。入世太深的剧作者明白，舞台上的苏武一定要戏剧化，剧终人散，有前后比较的苏武才是真实的苏武。

能够演好苏武的演员不多，演员不仅靠的是韧长有力、极富感染力的唱功，还要有一股子文学情怀。我们这个民族，在国难当头或国民精神萎蔫时，总有文化人要以戏曲舞台上的人物作为寓教于乐的载体，从而传递出民族的精神高度。

苏武活在孤独和希望中，对忠贞不贰的价值的捍卫，艰难到了自己证明自己的地步。

拿最旧的故事打动最新的人，一直是戏曲的真谛。

历史是不可改造的，唯一敢改造历史的是戏。

十九年，时间是可怕的，他度过的每一天，无不是艰难困苦、饥饿寒冷、孤独寂寞、屈辱悲愤交织在一起。他的体能和生命意志经受着最为残酷的炼造，只要能活着他就是汉朝的气节。死亡的气息离苏武那么近，这不是他最怕的，最怕的是他精神上的孤独和骄傲，他无法和这个世界交流，在整个时代都找不到值得对话的人。

戏曲最坏的地方就是娱乐民间，朝着声色犬马的地方去。知识分子也有说“学成文武艺，货与帝王家”，人自古到今常常不得不背负着“家国”“民族”的重任，这也许就是活成一个人的累。

苏武在炕墙上最真实的身躯必须在寒风冷雪中，陪伴他的是一团一团的黑羊，后来怎么样不重要，斗争到后来的苏武最重要。

四

夏天麦黄时节，山外我姑姑家的女儿爱苗进山里来看我，适逢我家窑里新画炕墙画。画一组《杨家将》，画一组《西游记》，画一组《麻姑献寿》。小小的一方炕上有着历史的血缘，是历史的基因留下的印迹，民间手艺人用自己的方法描绘出来。我看到的画中人，永远没有微笑，我看不到他们的内心，但可以感觉到他们的忧伤。国仇家恨，传达着一份无可言说的神秘力量。

我和爱苗胳膊上挂了丝巾当水袖，两个人在炕上对唱《断桥》，小奶奶坐在对面炕上咧开嘴笑，细碎的阳光紧贴在她的头发上闪着光辉，她的眼神随着我们的表演湿润。

人这一辈子有多少人事可以入戏？戏剧人生，人生戏剧，它就埋伏在农家的炕墙上，随时可能扑向我们。舞台上演出的不过是经典岁月的表达形式而已，生活需要戏剧化，只有等到合适的时机，普通人事才可获得再生，生活背后的苦难才会获得新生。所以真正的艺术就存在于我们的生活之中。

炕墙画深藏着民间一颗跳动的心，当他们躺下去歇息时左转右转，看见的都是他们喜欢的故事，是几代人共同记忆的符号。那样的时分下，我就是西湖中的一条白蛇，爱苗就是西湖中的一条青蛇，我们把小爷的炕当了舞台，观众是我们的小奶奶。我们不正经的表演，不可避免地成了小奶奶的快乐。我们既没有遇见苏武，也没有遇见许仙。恰巧此时，小爷拍打着尘土进窑的那一瞬间，哈呀，许仙来了。

我们一定要小爷喊我一声“娘子”，小爷不叫，小奶奶捂着嘴笑。生活是生活，戏是戏，朴素的小爷是真不会也不敢说戏话。

“一生二，二生三，三生万物，万物负阴而抱阳”，炕上的岁月是一个家族的红火，老婆孩子热炕头的故事，早已因为千万遍的重复变为我们自己的故事。这个世界的奇妙之处就在于炕，看似一副落魄遗老的架势，可对于它的欢喜，永远都有旺盛的生命精力。

炕上除了蒲扇、苍蝇拍、烟袋、捻线砣及凌乱的糖纸，也只剩下了我的小爷、小奶奶的从前。而今，扑簌簌往下跌土的炕墙画，因了窑顶的塌落已经斑驳得模糊不清，所有的岁月为什么都是一闪而过呢？隐隐没没的日子过后，炕墙画把从前推向更远，有一天它会像一缕光一样，在村庄的瞳孔里消失吗？

旖旎的弦乐铺满大地

一

世界上有一些可以和时间抗衡的东西，比如二胡。在众多乐器中，这一样最有中国特色的、没有任何洋味的乐器，一经人手展现出它弦乐澄明的高度，我是没有办法不贯注全身聆听。聆听二胡的声音，仿佛感悟人生境遇之外存在的永恒，如一条穿越千年沧桑的冰河，静美而让人敬畏。

我对二胡情有独钟，不仅是因为我的父亲会拉一些二胡曲子，还因为我的故乡和曾经在世的靠二胡养家的五爹。五爹一生有过十二个孩子，病灾和遭野狼死八个，落在人世的四个，个个长得精壮。五爹是一个种不出庄稼却离不开土地的蹩脚农民，守着自己日甚一日的荒凉与贫穷，不愿出山，却喜欢不时地玩耍一下音乐。

山神凹是一个很朴素的山沟，沟里有一条昼夜不停缓缓流淌的小河。秋冬季节的傍晚，在村外山脚下的小路上常常会响起几声二胡的弦乐声。抬头望去，极目处，会看见一个黑瘦的人影且行且拉，夕阳的余晖照着他的影子和胸前闪亮的二胡，如酒后面色微酡的遗少。看见的人会很兴奋地叫喊：

来看啊，卖胡胡二把的回来啦！

山野悄然，这声音就衬得凹里有些原始古朴。

五爹家在我家祖窑的窑垴上。黄昏是乡村最热闹的时候，翠色的山崖和远岭，村庄上空氤氲的炊烟。五爹在我家窑垴檐边的条石上盘腿坐下来，放下他背上的二胡，开始很专心地揉弦。五爹黑干细长的手指来回滑动，二胡声就在山神凹上空仙雾般缭绕开来。

五爹的指头功夫是有来头的。五爹打小跟草台班子闯码头，冬练三九，夏练三伏，跟着师父练茶水功。五根指头蜻蜓点水似的在茶水上飞快地拍打，不能停一拍，不能溢出半滴，五爹的手指就这样在二胡蚕丝弦上练成了风的脊背，轻柔鲜活而又张力饱满。那神气内敛的力在你的听觉上充满弹性韧劲，极有咬嚼。五爹长大后娶了山外的五婶，娶妻后不再出山，种地辛苦，维持节简的生活之余却始终没有丢掉二胡。村里人说五爹的指头是长了嘴的，“活说活道”。

在我的记忆中，五爹一个夏天都在打蛇做二胡。蛇血在土窑的周围散发着恶臭。蛇皮花花绿绿挂满了窗台。女人和小孩走过捂着鼻子，手脚发麻，毛发根根直竖，女人发狠地背地里喊五爹“阎王”。但凡活在人世间，凡生活就有矛盾，凡交往就有磕绊，山神凹大人孩子开始讨厌五爹，尤其是看到那些柴草上晒下的蛇皮，真是烦不胜烦。无所谓的五爹照旧打蛇，见人粗着嗓子说话，有同龄人和他一起长大，专门说此事并严肃强调再这样下去他就成了凹里的敌人。

五爹大笑着说：“蛇皮和女人一样，看着心里就痒。”山神凹里的人就说：“五孩快要死呀！”

入秋以后五爹开始走出土窑，一大早吆喝着，一路演奏他的二胡出山，晨阳下弦乐一派妩媚浓艳。

卖二胡害怕下雨或下雪。蛇皮雪天里紧，雨天里松，音亮紧巴，小家子气。蛇皮的松紧是二胡的命。二胡的味道全在松与紧的分寸中，在极其有限里极尽潇洒旷达之能事。化雪天冷得厉害时，五爹就不出门了。一把二胡在热炕上，周围一群娃娃，五婶坐过来，手里纳着鞋底，并不时随二胡哼两句“钉缸调”。“钉缸调”是乡村儿童几乎都会哼唱的。我们随五婶的音调一起跟唱，在唱到“我的大娘呀”时，五婶笑着拿鞋底打我们的头。五爹看着五婶，眼波一闪一闪的，洋溢着幸福。二胡在偏僻寒酸的山神凹，就有了一种富贵的意味。

改革开放后五爹就不卖二胡了。山里山外婚丧嫁娶的人多了，五爹琢磨着，并一厢情愿地认为二胡性格里有一些暗疾，只适合于山野、独处，很不适合人群中的喧哗。人天性喜欢热闹，当热闹反映到五爹脑海里时，五爹的认识有了质的飞跃。

乡下人有钱够撑起戏台唱戏的人不多，没有大热闹，凡俗之事也想有个小热闹。五爹想，靠二胡卖钱的日子怕是走成了从前。心思动念，他便联络山外懂吹打的人成立八音会供养乡下人的喜乐。

二

八音会是乡下音乐艺术的民间汇集，很适合音乐行走，也有娱神祛灾的世俗功用，是农民性情的产品。五爹从广播里知道天解风情了，无知使人失去敬畏的日子远去了，春风能风人，春雨能雨人，风雨浇灌，五爹不再卖二胡不再拉二胡了，把最后一把蛇皮二胡很大方地送给我父亲。五爹开始收集八音会的吹奏曲目，每天在窑门口大声唱抄来的曲谱，有紧长皮、慢长皮、四起头、急急风、节节高、戏牡丹、四十八梆、老花腔等。“八音”有鼓、锣、钹、唢呐、笙、箫、笛、管等，这就逼迫得五爹除了二胡还得会摸其他乐器。

八音会的来历是：大约明隆庆年间，沈潘宣王朱恬烄在潞州（治所在今山西长治市）为官，他喜爱音乐，把昆曲、皮黄等由南京带到上党，与当地原有的音乐进行了融会。当时，不仅每年正月十五在潞州城内大街小巷大闹灯会吹打，还为集市生意、婚丧嫁娶、满月祝寿、庆功贺典热闹。世间变化总是好的东西流行得太快，五爹热血沸腾地上路了。

技艺所学除了天长地久，还讲究跟过师父。学艺的路途是开端也是终点。五爹学艺的地方是沁水县城，对于山神凹人来说，县城就是大地方。

八音会乐器有文场、武场之别。文场为唢呐、丝竹，武场为梆、鼓、锣、镲。文场突出唢呐吹奏技巧，要求吹奏者不仅大、中、小唢呐和老咪（口哨）都能运用自如，而且还要吹奏出喜、怒、哀、怨等不同的感情色彩；不仅要能吹奏各类歌曲，而且能吹奏整本戏文；不仅能“文吹”，而且能“武吹”（如吹奏时口咬铡刀，刀的两端还要挂两大桶清水）；不仅有独奏，而且有多人联袂吹奏。五爹一路的学艺艰难自不必说，他后来返乡的动作也没有淹没他曾经岁月里经历的落寞。五爹返乡时已经六十多岁了。

人要老时赶什么时髦都要老。

五爹逢人就讲八音会的好处，说：“清代和民国初年，民间的八音会近似疯狂，几乎村村、庄庄都有。都是1966年，都是波澜壮阔的‘文化大革命’把八音会稍歇了。”五爹说此话时，已经是20世纪70年代末期，锣、鼓、钹、镲都锈在大队的库房里。

三

五爹打开大队库房，那些家伙已经被蛛网缠绕得很旧了。蒙了灰的鼓皮发暗，铜锣长出几点绿毛，时间很无趣很寂寞地处置了这些具体实物。五爹吹落灰尘拿起唢呐，嘴口上五爹鼓起腮帮，唢呐的音儿虽然软如弹簧却也出了声儿。那一刻五爹的笑一下照亮了那些乐器，如爱迪生把人类从黑暗的限制中解脱出来一样。那些乐器晒出来时，我父亲在远处偷偷地笑。父亲觉得从五爹那一声唢呐的音调中听出来五爹心里婉转落寞的那份空。

五爹要五婶去供销社扯了红布，要她做了八套褂子。因为八音会的人为红事吹打时，要穿一件很简易的红布小褂。穿红布褂子叫“红衣行”。其实按规矩说，穿红衣的只办红事，不办白事。总因为都是给贫苦人家吹打，哪里能有太多的讲究？民间俗称红衣行为“吹打”，称乐户为“龟家”，称乐户的班主为“科头”，称红衣行的班主为“揽头”；乐户只能与乐户联姻，红衣行则无这种限制；红衣行的人乐器单打一的多，乐户则全把式多；支应同样的乐事时，红衣行与乐户即使水平相当，得到的工钱比乐户要少一些。父亲笑话五爹是个“揽头”，哪知五爹一个人三样乐器：脚上是板子，膝上是二胡，胳膊弯上还吊着铜锣。那架势打击得我父亲最终没有了脾气。

我父亲极想参加八音会，只是身份不够。毛头小伙，懒惰成性，很想凑进个数。为了讨得五爹的欢心，父亲日日在发黄的月光下拉二胡，那声音直冲窑垴，伤感又轻柔地触着五爹的麻纸窗户，和树叶的低吟一并哀求着五爹。

我父亲是个玩心重的人，他入八音会只是想混几包烟和几口酒水。他在山神凹口碑不好，五爹看不上。八音会开始创建，人员素质上很讲究，需要的是有几个好“吹家”，不是二胡。好“吹家”是衡量一个八音会团体质量的主要标准。尤其是吹打武场，更要突出鼓、锣、镲，“鼓佬”（或称“掌鼓板的”）不仅负有指挥职责，掌握演奏的节奏情绪，而且击鼓要花样迭出、令人心动；锣、镲不仅要节奏有致、嘹亮利落，而且要上下翻动、金光闪耀，乃至高潮处、忘情时，将手中锣、镲抛向数米高空，随手接来，继续按节奏敲打。就算是文场也是吹打轮番、文武和唱，互为激励。二胡明显进不了八音会。

父亲被拒绝后心生怨恨，“文革”余毒还没有从他身上散尽，他一厢情愿地认为八音会该有较强的兼容性。既然能融合和吸收各种音乐精华，便也可以转换调式、更换乐器。五爹依旧不容他，叫他滚出山外下煤窑去。父亲不服，便依着自己的愿望驱动组织了一帮年轻人和五爹唱对台戏。

记得有一年过正月十五，我父亲组织八音会在山外大队院开台。锣鼓刚开，五爹挤了进来，五爹要过二胡一口气拉了七个把位的琶音，五爹运弓充满气韵，如初生赤子的啼哭，力道来自母体而非五谷杂粮。五爹摁着弦说：“孩儿你看死了，唢呐的眼位全定在这儿，气息的轻重尚且能使声音变化万千，二胡靠了两根弦，手指的把位不定，越发要你气息的整理。弓就是气息，气顺、气旺、气沉，才不叫你心浮。玩那两下，就敢跟八音合奏在人前要饭吃！”五爹说完摔烂二胡昂昂而去。父亲恨不得把脸扔到五爹脸上，冲着五爹的后脊背喊：“好你个五孩，不怨我不叫你五哥，你从此降格了。”

夏天是打蛇的绝好季节，有人问去哪儿，父亲说：“上山打五孩！”

在不断的对抗中，我父亲的八音会里融进了唱。民间大胆的人多，尤其是大胆的女人。是不是科班不要紧，只要敢扯嗓子唱。女人一旦进入八音会，首先就添加了颜色，其次便有了老枝上暴出新梅的新奇劲儿。

四

在乡下娶妻嫁闺女、埋人过头七都想有大动静，这样对八音会来说就有戏做，有它生钱的道儿。

可惜女人们只是在我父亲的八音会里练了练手，毕竟不是正规训练过的，只不过是一群乌合之众。女人们虽然不知“良禽择木而栖，贤臣择主而事”，但她们也看得出谁是好主儿。她们依照自己不受约束的心性，在一个傍晚集体变节背叛。

当天，给一个人家出殡送葬，和尚先是“放焰口”，简单一点坐下来唱的叫“平台焰口”，摆上一个布满麻油灯的托盘在桌子上，和尚道士唱叫“花台焰口”——这种热闹还不叫热闹，只能说是超度亡灵。放完焰口后八音会登场，女人们一扬手绢跟着音乐唱，热闹一下就扬起来了。乡下人把这个当成大事，早早饭毕提板凳坐在了办事家门前就等那热乎乎的唱。乡村人家对八音会的唱从来都不较真，任由她们满嘴胡说，只要乐器聒噪又唱得像模像样，也没有人会当真红脸争执。

那一夜八音会里不见了女人。眼看和尚道士的焰口结束了，八音会的人看上去人心不一，音韵涣散，深思惶惑，女人们久待无归，其间尴尬不言而喻。整个出殡显得无趣而空落，四方乡邻开始骂，说这是哄人，这也敢拿钱!

父亲不知道发生了什么事，猜想那些女人一定是“弃暗投明”了。他忍不住把这些不祥的事情从头到尾想了个遍，但万万没有料到那些女人都是自愿的。父亲多么希望女人们能够安贫守道，莫做杨花逐水流，给八音会的男人留点儿面子，可面子是个啥呢?夜晚散场后，父亲一伙走在羊肠小路上，走上山顶心血来潮冲着黑黝黝的大山开骂了：

你们这些个心怀鬼胎、性水命硬、贼眉鼠眼的女人啊!

你们这些个口若枯井、声若豺狼、腿若蟑螂的女人啊!

你们这些个连唾沫星子都溅着晦气、邪气、阴气、毒气的女人啊!

骂着骂着就觉得没意思了，造成这样后果的不是她们，是五孩。相随着的同伙一致认为就是五孩，五孩才是背后的推手。五孩原本是山神凹人人唾弃的人，学了手艺就人模狗样了。骂他，就骂他。

我父亲又扯开嗓子骂了：

月明黑天这是谁寻死呀？寻死不要死在我跟前呀，长江没封顶儿，黄河没盖盖儿，去呗，去呗！

同伙儿跟着喊："五孩，去呗！"

骂人显然也不过瘾，一伙人被山风吹得激灵得很，有人提议唱黑戏。唱就唱，把心里的怨气唱出来。一伙人在黑里，刚才的骂已经把夜搅得很乱了，有些小动静，很慌忙很疲乱地在草丛中逃窜。第一声响是唢呐，紧接着二胡、鼓、锣、钹、笙、箫、笛一起跟上。夜憋不住了，风嗖嗖地贴着草尖刮过，穿过山巅走掉的那条路似乎也被月明掀得立了起来，孤魂野鬼始终在游荡，也是他们唯一的观众。

他们被五孩伤害了，五孩是他们精神深处的痛苦。夜，幽黑无底，在土尘中、树丛乱掀，月明悠悠垂地，最后的一声唱放出去拽不回来，每个人胸腔里的火苗都点燃了：这一辈子就要和五孩势不两立！

女人们的集体离去随之就砸了八音会的牌子，没有人再喊我父亲演出，人不聚气，八音会就这么散了。

冰凉的冷冽的寂寞，仿佛带着异样的诱惑。多少个夜里，父亲孤单的背影加深了黑夜的浓度，他听不得一点音乐，哪怕线一样的一丝音乐响起，都会让山神凹变得幽深、沧桑，越发凸显了它的寂寞和清冷。但常常在夜静的时候五孩回到凹里，那踢踏的脚步声就是音乐节拍，它把我父亲罩在其中，这时候父亲会取下窑墙上的二胡开始拉，父亲的脸在天光中跳荡、扑闪，二胡的声音像蜘蛛密细的网，他用二胡的声音挡住了五孩的脚步声。

若干年后父亲听到五孩去世的消息，两行长泪不自觉落下，他带着哭腔说：恩怨走了。

五

现在八音会已经容纳了二胡，甚至容纳了扬琴、柳琴等，无论南乐北调、俗歌雅唱，广袤无垠的自由度，让八音会有了新鲜而隽永的味道。我一直感觉八音会火焰一样的热闹无法盛纳二胡的优雅，拉动的手指在抚摸下摇曳，而那些吹打乐器，双臂掀起壮阔波澜，从天而降的激越却是有着原始的发泄。二胡的孤独和伤感都因为忧伤或者宿命而显得平静，只有极少数的听众才能配上它低调的贵族感，它的乐曲涌过奔赴生死的无尽苍生，它美好，不该是人间热闹。

如今两位老人都已离去，昔日的景致都随时间而永恒。我真的喜欢二胡啊，二胡的动人处就在于它的凄美，那是一种平和的美，而不是肃杀。它可能是一个朝代的兴衰，可能是一生一世的情缘；可能是重门叠户，夕阳影里，小桥流水，可能是闲花野草，燕子低飞，寻觅旧家；也可能是一片澄明如水的气氛，也可能是一扇古朴清雅的屏风，走进去是自家人生。

只可惜，乡下对于二胡的记忆早就失却了怀恋。八音会，这种过于沧桑的热闹也已很难唤醒所有人对音乐的听觉，想来二胡的平滑和湿润，更是远不能够滋补那些浮躁的心了。

寻常中有别趣

石雕这玩意儿，也曾风云际会，却总不是骨子里的东西，一时兴过，眼前便真的旧在了那里。或许，在多少年之后，万物萧条，生灭有道，再赏繁华之后的古建骨架，也许让你顿时一痴，半天无语，复叹真正骨子里的东西原本就该如此的“旧”，“旧”到传统的老根里去。热爱它的人谁敢说它不是自家精神底色里的那束光芒？！只有它，方有“如故”和“旧知”的惊喜，都是“门前”的故事，形式虽简约，而意趣却雅儒。

真的，我无端地喜欢上了。

先说我发现的第一只石头小兽吧。它在草丛中隐约着等待现世，脸上还挂着一坨干牛粪，我的眼睛无风起浪。风已经软化了它的蹄脚，噪声在空间里升高，我小心刨出它，如同捡拾到一尊宝物，想象着让世俗一下就静了。老天，它在荒径中藏了多少年？那个黄昏，夕阳的晚照下，它如一堆美好的文字推动着我的感情不断地向前滑动。我对于收藏物件，一直找不准自己的喜欢，比如那种剧烈的喜欢，总有一种寻觅一直蛰伏在内心最深处。小兽的出现明确了我的方向。我爱上了石头。你说它像猫？像狗？像虎？像狮子？似乎都不像，形体质感表达了一种精神的力度。它灵动、世俗，有一种庸常生活底色下的光亮，记录着日常人家炕头锅灶边的家族史，它在并不富裕的人家门前，守望麦熟茧老李子黄。一座老屋，一条老街上，它承载了旧时代的灵魂。抚摸着能感觉到它从远到近地走来，有响动，有重量，有意趣。它让我沉湎其中。

我走向河对岸的村庄。河道里卵石裸露着，不经意间把我绊得打了个踉跄。铅灰色的云团布满了天空，河水浑浊，那蜿蜒而去的河有过多宽？河滩告诉了我。我从河道走往村庄，遇见的乡民总是乐观的，河流给了他们性情，给了他们生机，给了他们无比荣华。他们并不在意明天是否还会守着一条河流。面对河流，思绪飘然的是我，至于乡民们，世俗，安稳，守成，也有期待和向往，或许他们的愿望是走出去，把河流遗忘在身后。太行、太岳山是石头的山，石头静默，奇崛而粗犷。太行、太岳山褶皱里的村庄，没有一户人家离得开石头，逢到一个阳春好的天气，谁家盖屋不去起石头？忆起那些流逝的时光，如果这时候让匠人保持缄默，这个村庄一定是没有人气的村庄。常常看到这样的情景，出山的条条小路上，拿铁链的，拿撬棍的，川流不息，一座山因为取石材有可能被一座村庄削平。比如门槛，比如锅灶，比如坟墓，比如门前的守卫，比如磨和碾子，不论是以哪一种形态出现的石头，对于村民都可被视为一个独具个性的生命形态。

生命在时间转换中成长，对于富于创造天赋、有着高贵心智的石匠们，顽石虽愚，“聚天地之灵气，集日月之精华”，雕琢之下，必将以另一重生命形式获得新生。先说石狮子。在衙门、豪宅、民居，有门出入的地方，一般都是成对出现。往往是左雄右雌，迎合了人世的思维逻辑：男左女右。雄狮子左蹄踩球，俗称“太师”，雌狮右蹄抚幼，俗称“少师”。狮子的毛发卷成疙瘩状，称为“螺髻”。一般而言，螺髻的数量因宅院等级不同而有严格规定。一品官府门前石狮头可雕十三个疙瘩，称为“十三太保”。每低一级就要减少一个。七品以下官员门前摆石狮即为僭越。虽然关于石狮子的形象和配置从唐宋之后就有了较为固定的模式，但是，在民间不仅有左脚踩幼狮的“太狮子”，还有远远超过十三个螺髻的石狮子。由此可见民间的装饰中，所谓形制等并不具有绝对的约束力。石匠的世界是一个创造的世界，否则就不会有如此众多的珍品奇物被造出来。斑驳日影下，我看那些历经年月的狮子，它们的螺髻贴着人的体温，长期触摸下泛着冷光。尽管这些创造历史、创造文化的石匠们最后连名字都未能留下来，但他们持久的付出已经嵌进了石头的纹络。

我顺着河流走过去，老屋子门前的柱础散乱地在街道上扔着，随处可见。岁月湍流自可以将人世兴衰冲刷得无影无踪，然而廊檐下的柱础，时间却被永远凝固在它的花纹上了。一对上好的柱础，伫立呆看，只觉一股气势迎面扑来，动人心魄，让人为匠人的胆识与智慧而激动。眼下，可惜村民离去，这经年累月沉睡的石头一时为商家看中，借“文化”之名红了起来、“市场”了起来。原本简单的东西，突然地令缱绻醉眼的俗世狗撵兔子似的乱了方寸。安泽良户的一户村民说，夜里听得外面的柱子下有声响，像是给轮胎打气的声音，屋子里的人大气不敢出，一早见柱子下支着两个千斤顶，柱墩不见了。毁坏总是比新建来得快、准、狠。贼啊，我的哥哥，房塌了是要砸死人的，钱于你比命还重吗？老乡用土得掉渣儿的乡音，高喉咙大嗓子骂了一句：“叫你祖辈生子没屁眼！”骂声让空气充满了骚动，忽而又是更大的安静。我坐在廊檐下猜想着当时的情景，我不想原谅人，失义取利，人是很喜欢把自己降低到动物本能的。欲望总是让人热昏昏的，那么好的东西，是谁一定要安排它这样的结果？喜欢的东西一定要拥有吗？历史是与人同在旅途上的，不曾拥有才有想象。所幸人一辈子的时光很快就过去了。

柱础的实用功能是传递柱子上部传下来的荷载，对下部可阻挡地面返潮波及柱脚致其朽烂和人为碰损，同时提升柱子的壮观形态与装饰效果。一座老院落的门脸反映着主人的地位和权势，所以一个家族或家庭的名望被称为“门望”。就门的形式装饰上来说，门前先有上马石和拴马石，讲究的人家上马石脚踩的平面上都有浅浅的浮雕。尤其是拴马石上那只猴子，“马上封侯”，历史有了寓意，历史才会动人。青石台阶，门枕石，门头，门脸。长方形的门枕石，一头在门内，托住大门的转轴，一头在门外，起着平衡的作用，为了避免大门转动时产生位移，露在门外的一段多比门内那段长而厚。这段露明的石墩，大都雕有狮子，并列在大门两侧，沁河岸边的人叫它们把门狮子，不是那种衙门前的狮子，这样的狮子造型更为自由，姿势有站立、蹲坐、趴伏，表情也不只是一种凶狠状，显得嬉笑、顽皮一些。我从衰落的大户门前看到门枕石大多为鼓形，为何是鼓形？设想一下，沁河流域曾经是尧的活动地带，尧时政治开明，有“尧设谏鼓，舜立谤木”之说，谏鼓是尧为听取百姓意见在大门前设置的一面大鼓，百姓有事可击鼓进谏，此抱鼓石和彼谏鼓是不是带有欢迎来人的意义？匠人在世上留下了手艺，手艺能流传下来，变化的岂止是形式，一定还有内容的起承转合。看那些门枕石，从粗硕到细腻，从简朴到繁复，从就地取材到取材青石、取材白矾石等，演变过程跟随人的财富变化而提升。

雕刻在石头上的图案含有吉利寓意趣事，那时的人活着真是有太多美好的精气神，一睁眼就会看到想到的寓意，太多的梦想从院子里走出去，走向世界。哪怕是从田间走回院子，也是从丰收走近了喜悦。生活在尺度最集中的区域内，他们把过下去的日子设计得细长而深远，满目都是富贵。站在这些石头艺术前，我受感染，如此怀念旧时光，怀念一个家族把重复演绎为完美，演绎得子孙没有力气和老屋说再见。

沁河古院落柱础的规制大体是能看出年代来的。唐宋至明清早期柱石多下呈正方形，上呈隆起盆状，有如覆盆，也叫覆盆式。随着朝代的变迁，其柱石下端正方形展开幅面大小亦不同，年代越久远，展开幅面越阔，其柱径亦越粗，年代越近，展开幅面越小，其柱径亦越细。元代柱础的特点是多为不加雕饰的素覆盆式素平柱础。素覆盆式上端隆起较低，周边则呈圆弧形渐收起，呈扁形圆盆状。无论是从其柱础、构架用料的粗硕和古拙程度，明代遗存的用料中总还能看出元的影子。沁河两岸的柱础从平面看，造型有圆形、方形、六棱形、八棱形和上圆下方等形状。即便同一形状，其组合方式与体积大小又有许多不同，因建筑的大小不同、院落的进深不一，更因是不同性情的匠人所造。我看那些雕刻，有的清洁淡雅，少了一些利禄功名、骄奢纵物的世俗浊气，有的也许是自家手艺不精湛，或主家给少了米面，做工上明显是学徒手工。考究人家砌房造屋，对于雕凿石头是很有讲究的。我听一位年老卧床的石匠说，讲究的人家，雕凿石头的日子里不能见怀孕的女人，也不能见寡妇。怀孕的女人如知道谁家有石匠活，一定要绕开走，怕一些心会神通的石匠一时起了邪念无端给自己雕凿一个残缺的娃娃出来。雕凿好的建筑装饰，无论是压窗石还是别的构件，点香磕头放鞭后，匠人开始放置它们，大的柱础和门枕石，一般要请了阴阳先生来，在柱子柱脚与柱础之间要放上一枚铜钱或银圆，是吉利也是镇物。

石匠家族广博深邃的文化内涵，主要蕴藏在以浅浮雕、高浮雕和圆雕、透雕等雕刻手法雕就的各种器件里，那些雕刻涵盖了动物、植物、人物、器物、文字、几何形图案及其他自然物等方方面面。有人说石匠的手艺是民俗文化的万花筒，我觉得它还有一个更为隐匿的角色，即完成一种自然的转换，实现精神在现实里托物寄情的过程。我在晋城玉皇观近旁的关帝庙看见过石制圆柱，雕花圆柱上布满人物，那样的手艺，打远处看真叫人敬畏和尊重。我能感觉到时间的重量，它启悟我未曾有过的感知，我甚至会想，我活着的意义与匠人相比是多么的平庸。它就那样存在，静默不言，以艺术的方式取得了盛气凌人的效果，同时加强了它的最高礼制性质。

在我童年每一天的期盼中，最持久最迫切的愿望是坐在别人家的门墩上，阳光照得我暖暖的，傍晚的时候阳光还能把我的影子照进他们家的青砖地面上，屋里进进出出的人踩着我的影子或用他们的影子重叠着我的影子，我的影子看上去就像一只守门的狮子。老宅的门墩，坐禅入定，悟道明心，守着一份时间中涩涩的苦味，投身在门的两侧，旧时的影子，将我带进一种透亮与舒畅中：

小小子儿，坐门墩儿。
哭着嚷着要媳妇儿。
要媳妇儿干什么？
说话、逗笑、解心焦儿。

小小子儿，坐门墩儿。
哭着嚷着要媳妇儿。
要媳妇儿干什么？
做饭、炒菜、包饺子儿。

小小子儿，坐门墩儿。
哭着嚷着要媳妇儿。
要媳妇儿干什么？
铺炕、叠被、生娃娃儿。

这儿歌的情味，如同一个童年伙伴，不时勾起我热情而美好的记忆。

如今即使豪宅的门前也已经不见门墩了，没有门墩的门，光秃秃的，显得那么不安定而又弱不禁风。门，是一座房子的文明尺度，在中国古代，进什么样的门，是有身份讲究的，门墩也有高下荣辱之分。四壁合围，高墙环堵，朱门红墙，一对儿门墩守着一代一代人在它里面生长，把生命喂养得强壮，让生命静守着它的雄奇和贵重，也静守着它的牢靠和厚实。

当然，还有那沁河女人喜爱的炕狮，那是炕上女人用来压小孩被角的，神态各异，都是匠人随心随意的物件。可现在的炕狮少了，原本是家家户户都该有的东西。少，说明了它存在的不重要性。我很奇怪，血脉相连一定要在有了一定阅历之后才能理解，我理解了吗？炕上的那个看小孩的狮子，潜藏着充沛生命的密码解读，它在接近文明的曙光中消逝了。太多的消逝叫人老是背负着沉重，是因为炕没有了吗？炕上睡着的人该是穿白袄大襟衫、黑布裤子，打裹腿，小脚，直贡呢布鞋，一脸的欢喜定格在炕上。因为炕，因为睡炕人的走远，一切都成了从前。

我走过村庄，我看到石桥，石桥上坐着几位年长的女人，她们说话的声音被走过来的我冲淡。傍晚的雾霭浓稠得像碗米汤，她们一个挨一个坐在石桥上，一边压低了声音说话，一边看着我走来。石桥的望柱上雕刻着狮子，那狮子几乎可说是一个幻影，只能去想象了。女人们坐在桥栏上，我真希望夕阳挣出雾瘴辣辣地泼在她们身上。借着最后的夕阳我看那望柱，盆口粗的柱子被岁月刮削得瘦骨嶙峋，看那些透空雕刻的花卉华板，已经是什么都看不清楚了。

人到了乡下眼睛自然就满了，看看地里生长的庄稼，看看六畜和一茬茬儿接壤起来的农人，看看季节连着村人的命脉和浓着淡着的日子，看看山野寥廓而幽深的雾和不高不低的公鸡啼叫，这样的日子常常撩拨起一种情怀："好风如水"。这时候我的心里会掠过一丝悸动，石头的历史倏忽隐去，消隐于深邃的历史深处。有些痛既是人的，也是河的。生命同一条河厮守，人们通过河流文明改变惯常的事物，无知觉的生活变化中对于美好我们常常不明真相。石头与匠人，在与情境心绪交相辉映的过程中，给了我们沉默的力量，给了我们有白云共生，给了我们鸟雀笑语，给了我们人欢马叫。

日本建筑学家黑川纪章说："建筑是一本历史书，我们在城市中漫步，阅读它的历史。把古代建筑遗留下来，才便于阅读这个城市，如果旧建筑都拆光了，那我们就读不懂了，就觉得没有读头，这座城市就索然无味了。"我走沁河，感觉每个时代的文明都在城市建设中留下了自己的痕迹。石头是大地的纸张也是岁月的记忆，保护历史的延续性，保留人类文明发展的脉络，是精神文明建设的要求，我希望我不是在天堂门前说话。

日子流着，好风如水，好鸟和鸣，流过悲喜的莫名、爱憎的无言，流过生命永远永远的恋石情结。

眼仁里那些印

2012 年的春天，4 月，桃花在温润的地气推助下开花，春天最有风韵的那个部分由桃花的生机释放出来，我是无比陶醉。

我看这样的景致是在傍晚。我在一座老屋的脚地上站着，透过一扇老窗的花格，天地间一片花红柳绿。那个安静，那个衰落，那些个桃花开得烂漫。任何时代都需要殉道者，殉道本身就具有意义。那么谁是一个时代的殉道者？破败下去的旧时老屋里的主人吗？还是就应该是一座老屋？旧去了，连老窗的花格都糟烂了，可那规格还在。一阵风刮过，花蕊的香袭来，花瓣如发情的蜜蜂婀娜而飞。这样的窗户，也只有旧时代。

翠鸟在远处鸣叫，如一个女子的洞房花烛时。

我害怕一丝声息都会惊吓到那些花格上糟烂的木纹。窗户之内，青砖地面，几代人走过的脚印重重叠叠、大大小小。生命存活于瞬间真实，有多少眼睛曾经透过窗户的花格望着外面笑容烂漫过？

与天空，与风，与雨雪，与隔窗有耳，有一种深邃的味道。

《说文》说："在墙曰牖，在屋曰囱。"牖会意，从片、户、甫。片，锯开的木片。"户"指窗。先秦多用"牖"，"窗"少见。"牖，穿壁以木为交窗也。"段注："交窗者，以木横直为之，即今之窗也。在墙曰牖，在屋曰窗。"苏轼《柳子玉亦见和因以送之兼寄其兄子璋道人》说："晴囱咽日肝肠暖，古殿朝真履袖香。""囱"，应该就是"窗"了。在所有的感觉中视觉定然是使人最快乐的，这让我想到每一块参与建筑的木头，几百年之后依然无言地向你叙述着这些建筑的奇绝和透视的温暖。从人心深处到大千世界，看过去，是生命的活水流动。

窗户内的事情在历史深处早已破败无着，窗外的世界依然日新月异。我一直认为窗户就是建筑的眼睛，哪怕它已经散乱，沦陷到大地的内部，但你依然可以感受到它的明亮。

我们先从窗棂说起。传统的窗棂大都雕花，如仙桃葫芦、福寿延年、石榴蝙蝠、扇状瓶形等，极富富贵趣味。富贵是人类向上努力的目标，那个目标之上永远填补不了心灵的空虚。趣味是需要用心悟的，增一分恶，减一分俗。富贵也是修来的，一是修心，二是修性，三是修行。所有的寓意和自然有关。"人在观察大自然的时候，会把心中最美好的东西拿出来。"这句话是普里什文说的。

再来看我们中国传统建筑中的门窗。木构建筑，墙体一般都不承重，隔扇、槛窗可以做得轻盈通透，窗又常处在人们的视觉中心区域内，抬眼之间，朝夕相处的四季轮回扑面而来。至少从汉代以来，我们的祖先就已将自己的祈愿、祝福和喜悦刻在了窗的棂子、绦环板和裙板之上了。那份趣味不仅是窗户上的，也是窗户外的。比如在古典名诗中就有："窗含西岭千秋雪，门泊东吴万里船。""梦觉隔窗残月尽，五更春鸟满山啼。""今夜偏知春气暖，虫声新透绿窗纱。"美好的诗句流传不灭！

岁月中一路想起，也只有祖父窑门旁那扇窗户，夜静时望月，一格玻璃，两手青灰。不知多少人从此处望过，生多少种心情。有些痛既是人的，也是窗户的，终究，脆弱的是人，古老的是窗外月。宋太祖建国时为避免唐安史之乱以来藩镇割据和宦官乱政的悲剧，遂采取重内轻外和重文抑武的国家政策。著名史学家陈寅恪言："华夏民族之文化，历数千载之演进，造极于赵宋之世。"宋代，更是中国建筑发展的鼎盛期，这一时期出现了大量功能性好、棂条组合丰富、艺术和审美价值较高的门窗样式。最具中国特点的隔扇开始普遍被采用，促使建筑的整体风貌与室内的采光、通风得到改善。我在沁河两岸已经看不到宋代的窗户了，所能见到的传统门窗，大多是明清两代的遗构。一切都不再是从前，一切都在改变。我穿行在老屋四下，以免打断自己的冥想，我想念往昔。一间老屋里，一盘火炕，读书的女子在通透的窗户前，与那个当下保持着一定距离，炉台上的一壶春茶蕴养了她，对往事倾情，窗外的世界旖旎媚惑，推开窗扇，把自己放在靠窗户最近的阳光下，女子的脸，隆重地盈满了屋子里的富贵。

真喜欢过去的幸福，是那样的具象、有力！精神上独自出游，那么谁会与荣华富贵结怨呢？看那带图案式的窗棂你便知道，文化内涵由门窗纹饰与图案便一目了然了。当门窗成为重要的日常出入时，文人与工匠一道，不遗余力地发挥想象和才智，致使门窗艺术万千风华。官员、商人与文人的需求明显会有差异。文人需求者都会从自己生存环境的角度出发，挑选喜爱或者让社会接受的纹饰与图案。而大多官宦人家喜欢一种含有龙意象的卷草图案做装饰，又叫“卷草缠枝龙”。头部有明显的龙头特征，而身、尾及四肢都成了卷草图案，产生一种连绵不断、轮回永生的祝愿。民间俗世的，有盘长、梅花、冰纹、大桃子、圆、万字、寿字等，拖拽着深厚的寓意，把看过去的眼睛养得蓬勃芳香。唐代和唐代以前常常用直棂窗，以直棂窗为代表。到宋代、辽代也做直棂窗，但是带图案的纹窗逐渐地多起来了。金代大力发展隔扇窗，在三间房中两间的窗子即用直棂窗，下部修筑槛墙。清代，除方格窗子外还有槛格窗。沁河两岸窗户下有压窗石，大多雕刻狮子滚绣球、桃子和石榴。不过沁河两岸和陕北窑洞及山西平遥合院不太一样，平遥和陕北喜欢做一个大花窗，大花为樱桃、双钱、麒麟钱，喜庆。我一直不喜欢古钱图案，无端地会让我浮躁。

最早的糊窗纸是什么我不知道，只知道沁河两岸的糊窗纸是麻纸，桑树皮做的，有木质的纤维隐约在里面，特别保暖。雍正年间，每年夏秋之际，有分别来自英国、法国、荷兰、奥地利和瑞典的贸易大船，挣出雾障海路而来，这些大船前来购买中国的茶叶、瓷器和丝绸，船上带来的虽然基本上都是白银（一般是三至五吨重的西班牙银币），但是也有一些西洋物产，比如呢绒、钟表等，其中有一样比较特别的物产，就是玻璃。窗户上镶嵌玻璃，只是大户官宦人家才有的，但也不是满镶，只有窗格中间四格镶嵌就算比较奢华了。隔窗有耳，如说是屏息静气，那么隔窗有眼，便是不露声色了。有了玻璃便有了明亮，便没有了秘密。我一直喜欢麻纸糊窗的那种味道，比如春夜月色之下，我很强烈地感受到光线黄黄的，衬托着糊窗纸上的民间剪纸，很生动，是幸福的印记，也是世俗的色彩。月光照着窗台，移动那只花猫的影子，被炕墙挡得跌落在花被上，跌落到睡觉人的睫毛上，茸茸如霜毫。过去的老窗户上没见挂过窗帘，倒是有遮羞窗，是不是有了玻璃才挂起了窗帘？有一句老话叫“捅破窗户纸”，有了玻璃以后，便有了“玻璃肚皮——看透心肝”。《红楼梦》写下一个丫鬟叫玻璃，是不是曹雪芹因了玻璃的金贵信手拈来？

窗下事千般景致，万种风情，成就人一生难以泯灭的情怀。有《题窗上诗》：“何人窗下读书声，南斗阑干北斗横。千里思家归不得，春风肠断石头城。”有《纱窗恨》：“新春燕子还来至，一双飞。垒巢泥湿时时坠，涴人衣。　　后园里、看百花发，香风拂、绣户金扉。月照纱窗，恨依依。”其实说来，窗下事都是动的，闷在心里念想，拱出窗户纸便都开始发芽了。

晚霞在我的肩膀上渐渐黯淡，收尽老屋的人声和呼吸，我走进春天，青草散发出弥久的清香，花瓣一地，今晚留宿何处？我身后的村庄变得幽深，时光的一半是恩赐，一半是降服，突然明白，备受现代文明熏染的我，毕竟还有自觉的“痛苦”，这一个词两个字可能已经伤及了我的骨头，动我心颜，撩我潸然。

要命的欢喜

当有限的记忆因岁月漫漶得模糊不清而我又迫切想回忆当时情景的时候，我什么都不顾忌了，只会躺在床上，平息自己的红尘欲望，去想。帘下的风抚过来，窗外有什么已经不重要了，我很惬意，一半的想回到了过去，一半的想徒具了其形。我的身姿不太窈窕，谁又能够说我不好！我不能说床就是纯粹的私人化空间，我只能说我爱床就像爱天空一样情深。

去年冬天，我在山西沁河岸边寻得一张清中期富家小姐的闺床。精致的木格雕花完好无损，红色的大漆旧了，旧得纯粹就成了一种时尚。床体采用贴金箔、嵌螺钿等工艺技法，共雕有十个戏剧故事情节，出自《三娘教子》《龙凤再生缘》《唐伯虎点秋香》《琵琶记》等。每个作品形态生动，惟妙惟肖。描金人物故事更显出古床的华丽美艳。只是床板有些不太稳重，倏忽之间来一声响，那一声响倒叫我想起曾经的男欢女爱。床的三面有花格窗户，也都是描了金的。花格下画了人物故事，细细的婆娑的画面，我一直没有考证出她们都是哪出古典戏剧里的女子。那腰身，那兰花翘指，凤眼细眯着，往悠悠的时间深里去想，真叫个袅娜。二百多年的历史，假如二十年一代人，十代人过去了，与空气摩擦着溅出了多少火花。盘腿坐在床上，回想我睡土炕的乡亲，一辈一辈的生命从土炕上站起来出门，又在土炕上躺下，最后移挪进土里，他们何曾睡过一张雕花木床？我突然觉得泥土是吃人的，吃人的泥土没有良心，那么没明没黑地伺候你，给你一生的劳动，到最后富裕不来一张床。在我熟悉的回忆里支撑我活下去的唯一理由，就像时间里敞开的一间间店面，算盘珠子噼里啪啦，都被算计走了，你活下去的心事、你活下去的目的、你活下去的争斗。一张床，会有多少故事发生呢？我坐在床上，再一次看那些时光下的雕刻，那满月的脸儿，俏丽的眉眼呼之欲出，什么样的美丽能经得起岁月这般残酷的打磨？难道只能是一双匠人的手才够得上美丽、绵长？

坐在床上的人，心思不动，便无悲无喜。

可坐在床上的人往往会生出许多人间幻景。

沁河岸边出过许多有能耐的人，比如阳城县皇城相府的主人陈廷敬。陈廷敬原名陈敬，顺治十五年（1658）考中进士。因同榜有同名者，因此朝廷给他加上了个“廷”字，改名为廷敬。此人生平好学，诗、文、乐皆佳，与清初散文家汪琬、著名诗人王士祯皆有往来，“皆能得其深处，而面目各不相假”。康熙对陈廷敬有“房姚比雅韵，李杜并诗豪”的评价。过去对官宦人家的称呼是有讲究的。做了大官的人家叫“府邸”，经商的人家叫“公馆”，有钱有势的人家叫“宅院”，有文化有脸面的人家称呼“寓所”，只有老百姓的才叫“家”。“皇城相府”，原本也不叫这重口味的名字，虽然乾隆皇帝亲书过“德积一门九进士，恩荣三世六翰林”的楹联，可是康熙为陈廷敬题匾“午亭山村”四个字告诉我们它原本是叫这个谦称的。“春归乔木浓荫茂，秋到黄花晚节香”，康熙的这一副对联和“午亭山村”与陈廷敬很吻合，很有点故乡的脐带陪伴一生的感觉。做了“皇城相府”，不能说不好，于平民来说只能说是不家常。相府正门有高大巍峨的城堡式门楼，上方书有“中道庄”三个大字。中道庄，为皇城相府的旧称，内城为陈廷敬伯父陈昌言于明崇祯六年（1633）始建，名为“斗筑可居”。外城为清康熙四十二年（1703）陈廷敬建成，名为“中道庄”。这样的名字实在没有让人心情不好的理由。

我这张床传说就是从“相府”流落出来的。床是一个最宜于梦想的地方，传说给它抹上了一层浪漫色彩，并点点滴滴完成了我对它的基本怀想。它是一张大家闺秀的闺床，20 世纪 40 年代流落到了民间，70 年代一直在大队的库房里放着，当没有大队库房的时候它流落到了一户人家的柴房，90 年代末被当柴火卖了。它的运气来了，木头的运气就是被一个木匠看到。木匠是木头的伯乐。木匠打着手电筒照着，灰不塌塌的床上堆着谷壳，老鼠跳上跳下，快乐着秋天田野上粮食的气味。木匠喊了一声："去，都走开！"老鼠散了，木匠看到眉目传情的美。木匠把手艺信奉为神。木匠坐在谷壳上，许多心事来了。木匠开始抽他的旱烟，安抚他的心事。木匠和主家说："我给你做活不要工钱，走时你送给我它。"主家说："快拿走，你就不怕床上出妖精！"说罢此话嘴扯得脸盆似的大笑。木匠买了它就睡在它上面。2000 年有人开始收购古床，它的身价一下就提升了。此时的木匠老了，儿子打着光棍，没有人喜欢雕花手艺。时间对于所有都是一样的，让你生存，让你决定，又让你无法决定。卖吧，卖了是钱，不卖是命。古玩贩子买走的第二天木匠去要，其实也不是去要，就是去看看。那张床已经不在了。木匠的心一下跌落到了肚脐眼下，他不能骂，也不能说人家的不是，他已经预先知道床会消失，谁也没有想到他重重地打了自己一个耳光。讲这个传言故事的人告诉我，那个木匠失去了床就疯了，就因为床上那几个妇女木头人人，那张床上睡过妖精。

我说："你不怕那妖精让我也疯掉？"

古玩贩子看着我笑了："因为你也是妖精。"

传言是一个罪恶的群体，人们拥有统一的语言、统一的情感、统一的思想、统一的方向，那个方向必须有所牺牲，没有一个人相信木匠的疯是因为再也看不见床上的手艺。得到可以让人亢奋不已，失去也可以让人亢奋不已。我得到它时它已经经历了几手。买了它回来，我仔细擦干净，上了一遍桐油，暗红的光泽下散发出来的芬芳让我如此欢喜。

就那份意境，无端地从花格伸进来一盏台灯，台灯蛋黄的光照在一册喜欢的书上，静夜的好时光下便觉得幸福莫过于此了。“吹灭读书灯，一身都是月。”我试着找这种感觉。人活一辈子就为了找一种感觉，感觉找到的时候，就发现幸福了。

今年春天的 4 月，我去看桃花，沁河岸边的一座古庙里，所有的一切衰败得厉害，桃花是唯一的鲜活。我走近一棵桃树时，发现它的树干动了一下，吓我一跳，仔细看看却发现是一个头发蓬乱的人，一层灰土一层黑皮，一只手耷拉在离地三尺高的地方，像一枝折断了的桃枝。他居然躺在桃树上睡觉，树下有半个黑馍，黑馍上爬了许多蚂蚁。蜜蜂嗡嗡嗡地绕着桃花、绕着他飞，围绕着把他和桃花区别开，蜜蜂知道他身体上没有花粉可采。一个人，树也可以做床。

最早的人是不是也睡在树上？《广博物志》里记载，传说最早的床是神农氏发明的。谁发明的不重要，重要的是人在夜晚离开了土地。

我们的先祖最早是从哪里走来的？树还是海洋？可以肯定，在农业与文明发展起来之前，树可以遮风避雨，可以钻木取火，人身体的私处是用树皮和树叶遮挡的，一棵树可以是我们的一切，生命的居所，想象的还原，人是多么离不开树木！当树成为木头的时候，木头在人心目中被无限放大，天地人寰，木匠来了。对美好事物的巨大热爱，对生活需求的幸福满足，木匠成为一个日常奢侈的欲望。

中国最早的床的实物是河南信阳长台关出土的战国彩漆木床。该床长 218 厘米，宽 139 厘米，六足，足高 19 厘米，床面为活抽屉板，四面装配围栏，前后各留一缺口以便上下。我觉得当时的床是放在房子的正中间，不然不会前后有缺口。屋子能有多大？一张装得下夜晚梦境的床占据了屋子中央，木匠让我们后来的出生固定在大地一个位置上。想想，真是透着一股古老传统的时间和诡异之谜。说一个地方人杰地灵，也与床有关系。说是东汉时期的徐稚一贯崇尚“恭俭义让，淡泊明志”，不愿为官而乐于助人，被人们尊称为“南州高士”“布衣学者”。恩师唐檀去世以后，徐孺子便在槠山过起隐居生活，一面种地，一面设帐授徒。东汉名臣陈蕃到豫章做太守，立志做一番大事，一到当地就急着找名流徐孺子请教天下大事，随从劝谏应该先到衙门去，结果被他臭骂一顿。当时徐已年过半百，陈蕃派人将他从槠山请来时，专门为他准备了一张可活动的床，徐来时放下，走后挂起。王勃在《滕王阁序》中说“人杰地灵，徐孺下陈蕃之榻”，把徐孺子作为灵秀之地生长出的杰出人才。杰出人才多少年后依然杰出在文字里，这世界能有几人这样？人活着的意义就在于能在世上留下一段佳话。很多人一辈子活得似乎很凌乱，爱恨荣辱一波未平一波又起，到最后和佳话始终是不沾边儿。

沁河两岸一路走过来我留意那些窗户下放着的床，大都已经现代化了。阳城一带有一种簸箕床，民国到解放后很流行，也还有点意思，很像是榻和罗汉床演变过来的。沁河两岸清代的床大体保留了明代的风格和特点，一般用硬杂木，好的用核桃木，没有南方的精雕细刻。在沁河岸边的豆庄我见过一张老床，三块独板连绵不断结合而成的屏风，床头床尾画“功名富贵”。古人的功名富贵怎么来画？就画牡丹，就画公鸡。公鸡有五德：头顶红冠，被古人认为是“文德”；姿态凶猛，是“武德”；公鸡好斗，见比自己勇猛的就会应战，被认为是“勇德”；觅见食物就招呼同伴，是“仁德”；按时报晓是“信德”。唐朝诗人李贺有“雄鸡一唱天下白”的诗句，鸡鸣预示着日头要升起来了。“公”与“功”同音，“鸣”与“名”同音。牡丹则寓意富贵。功名富贵是高官厚禄，是丰衣足食，是无忧无虑，是吉祥美好。床身和抛物线的华丽束腰一体，透雕狮子和阳雕草龙纹、云纹一气呵成；靠背中间阳刻了“福寿三多”瓜果。“三多”来源于《庄子·天地》中的“华封三祝”。佛手的“佛”与“福”声音相近；传说中的桃子吃了可以长生不老，是长寿的象征；石榴多籽，寓意多子孙。圆雕和透雕结合的榻脚踏着的底端是神兽。该榻通体黑漆为底，以极细的工笔和富有层次感的写意手法，在屏板内侧描金绘满蝙蝠。这让我想起来乾隆下江南时的一张老床，乾隆在那张老床上书写了七言古诗：“轩辕液金作神物，德合乾坤明日月。阴阳精气此蕴郁，万八千春岂湮没。丁甲护持魑魅袚，中圆光外绿云蔚。如星重轮丽天阙，四灵五岳交唯榻。汉唐俗制气早夺，其祥应不让屈轶……”并附二印，其一为“德充符”，另一为“会心不远”。乾隆皇帝的七言诗和二印很有些意蕴。乾隆不是一个没有节制地生活的皇帝，不像汉刘骜因贪恋床上功夫到最后连走路都有点迟钝，一个竭尽自己欲望活着的人，床笫之欢让他合上眼时不是醒，是绝命而去。

床上的人性是解放的，床的丰富性、复杂性和层次性得以逐步展开，和自然山水有一样的疗疾功能，弥散和蕴含着使人身心舒畅的“释放”，也可驱郁化闷，但却不能叫人耳聪目明。“床事”是一个暧昧的词，我的一位学医的朋友说，床事可调节中枢神经系统的兴奋和抑制状态，改善心肌营养，刺激造血系统功能，可使红细胞和血红蛋白增加，明显可使人放松。也就是说，能叫你神凝形释、豁然疏朗。

我走进一户人家，正是采摘花椒的季节，院子里铺了一层，屋子里床上铺了一层，花椒的香气叫我想起了“椒房”。洪昇的《长生殿·定情》道：“怕庸姿下体，不堪陪从椒房。受宠承恩，一霎里身判人间天上。”我看见那个在灶台边炸麻花的女人笑了。麻油在锅里慢慢地鼓着油窝，她一边往面盆里撒椒盐一边和我说话，两只手搓着长长的面，拧成麻花，“哧溜”一声下锅了。我看到她的嘴唇四周起了一层干皮，一个缺了水分的女人。她说：“那是一张地主家的床，祖上土改分来的，那画着的金人儿是老戏《西厢记》里的，来看的人，多没有一个出高价。我睡这床糟蹋了。”我说：“嗨，床就是叫人睡觉，叫人生儿育女。”她大笑了起来，好像有一星唾沫落进了油锅里，响了一下，她手上的一根麻花又下进了锅里。果然是画了《西厢记》，有些衣纹不是太清晰了，我站在床前看，始终看不仔细。一个男孩跑进来喊：“妈，麻花好了没有？戏快要开了。”村子里唱戏才要炸麻花煮油糕，村中央的什么地方传来锣鼓家伙声，男孩拿了一根麻花跑了出去，女人喊：“还没有给老爷烧香，你个吃嘴东西！”女人看着我说：“他就是在这个床上生的，坐月子，没少往那画上尿，看不清，尿洗过还是看不清。小孩家屁也不懂。”案板上的麻花已经堆起来，她麻利洗手也赶着出门去看戏。

我走过戏台，看到戏台上有红帐子，一个头顶盖头的女子正在听谯楼上打三更，那个舞台上的男人不去掀她的盖头，掀了盖头就是含情脉脉，半推半就。我一时想不起唱的是哪出戏，看到所有的人僵僵的，等洞房花烛夜一波三折，风生水起。

《梁书·羊侃传》记载，有个叫张僧胤的宦官去找羊侃，羊侃不理他，说：“我床非阉人所坐！”过去的人是如此决绝，床是人生交际的开始。《日知录》引《世说新语》曰：“纪僧真得幸于齐世祖，尝请曰：‘臣出自本县武吏，遭逢圣时，阶荣至此，无所须，惟就陛下乞作士大夫。’”齐世祖告诉他：“此由江敩、谢瀹，我不得措意，可自诣之。”于是纪僧真领旨去了江敩处，他刚“登榻坐定”，江敩就顾命左右曰：“移吾床远客！”弄得纪僧真“丧气而退，以告世祖”。而齐世祖的回答却是：“士大夫故非天子所命。”表示他也无可奈何。士大夫应该就是当今有文化的人，有文化的人有骨气，也当有一重不一样的世道人心。

这一点农民比士大夫胸怀开阔，你只要一进门，家里的女人都会说：“坐，床上坐。”上门不欺客，是打心眼里亲热，无一点生分。对于上门的客人，农民的情感来得总是卑微。

假如床上生出的都是不成仙不成佛的孽种，断不掉尘念，超脱不得，在人界冥界天界之间一个连魂扯肉的半界徘徊，离开床便开始神经直跳，灵肉俱狂，终将成为一个自私的人，一个欲望唯我世界的人。回到床上，谁都会想到明天是最美的永远，那么连接明天的永远是一张床，床是人的三分之一人生，那么床上床下都请不要叛离自己吧。

据说“床”在汉代是一个名称使用范围更广的词语，不仅卧具，连坐具也称床，如“移吾床远客”。汉代还有梳洗床、火炉床、居床、册床等。西汉后期出现了“榻”，“榻”和“床”才有了明显的区分。对于床，汉代刘熙在《释名·释床账》中解释道：“人所坐卧曰床。”又说：“长狭而卑曰榻。”《说文》也说：“床，安身之坐者。”而榻，则是专供休息与待客所用的坐具。汉代少数民族的“胡床”，是一种高足坐具，其实也是我们所叫的“榻”。隋朝“胡床”又变称“交床”，唐朝又变称“绳床”，宋代又变称“交椅”或“太师椅”。沁河两岸的“交椅”和“太师椅”多，20世纪90年代末期，有收古家具的从古村往出拉椅子，拉到大路口或县城至河北、河南的地界，有人不到两年时间跑坏了两辆四轮车。美好的东西都与知识有关。那么是谁叫生活逼迫得疯了要做出一些无知的事情？“破四旧”让农民与俗世隔绝，当所有的“美”全部以“新”为准时，“新”竟是如此霸道！

我在沁河岸边的上庄见过一张架子床。它的做法是四角安立柱，床顶安盖，俗谓“承尘”，顶盖四围装楣板和倒挂牙子。床面的两侧和后面装有围栏，多用小块木料做榫拼接成多种几何纹样。因为床有顶架，所以叫架子床。上庄的村民告诉我，原来上庄的王家有一张拔步床。他说不来那床的样子，只说其外形好像把架子床安放在一个木制平台上，平台长出床的前沿二三尺，平台四角立柱镶以木制围栏。还有的在两边安上窗户，使床前形成一个小廊子，廊子两侧放些桌凳小家具，也可放铜脸盆和尿桶。说拔步床放在王姓大户人家的室内，很像一幢独立的小屋子。王家的另一串院子有过一张罗汉床。它的左右和后面装有围栏，但不带床架，围栏多用小木做榫攒接而成。围栏两端做出阶梯形软圆角，有几分大气入了进去。后来叫人当柴火烧了，因为木头硬，竟然燃得不够欢。我见到王家宅院的时候，王家门前已经只剩下了三棵老槐树。原来上庄是有煤矿的，借助煤矿可以带动旅游，小煤矿关了，谁也不拿闲钱出来维护。大热的夏天，我想大喝一声：这么好的东西，谁该来埋单！

有一本书上说，以前土家男女青年结婚，男家要打一架“滴水床”。滴水床并不滴水，只是床檐形状上好像屋檐的滴水一样。素常有一道滴水和两道滴水之分。两道滴水床又称为“出一步床”，雕龙画凤，十分讲究，堪称土家一绝。一道滴水和二道滴水之间为踏板。床通常长六市尺零半寸，宽四市尺零半寸，左右设床头柜，可当坐凳。主要木雕在二道滴水上，如“八仙过海”“金瓜垂吊”“龙凤呈祥”及各种花纹的“芽饰”，加上漆工艺术处理，显得斑斓绚丽。按鄂西习俗，床的尺码均不得用整数，必须加半寸，俗话说，“床不离半，屋不离八”，“半”由“伴”的谐音而来，“八”由“发”的谐音而来。古人的可爱处是把一个汉字真当一个字来用，用尽用透用出一种惊魂来。

床事不能情绪化，而要理性化，否则就是对生命的摧残。床上木匠和油匠雕刻和画出的那些人物故事，重要的不是图个好看，重要的是提醒人睡醒之后活着的意义。有一个说书人开场前说了一个段子，说一个老头娶了个少妻，终于一病不起。大夫警告他：“你骨髓已经没了，只剩下脑髓了。”老头大喜，看着床上的娇妻发自肺腑地问：“大夫，你着实和我说，脑髓还可供我战上几次？”居家过日子，得有一种把握，床是天堂也是地狱。

人安居方能乐业。可往往居不易。守护土地的是一座村庄，守护家庭的是一场婚姻。婚姻最主要的用具是床。婚姻不和的先兆是分床。“阿妹的肚子象牙床，是个冬暖夏凉的好地方。”近乎承袭和稳定了生命最初的忠实，白描见心地入骨，床的重要性就看出来了。词语意义上的婚姻是这样的：男人和女人结为夫妻，已结婚的状态。男人为女人而婚，女人为自己而嫁。我以为婚姻最主要的一件大事，就是依赖床合法化地生儿育女。

记得有一年夏天我去一个工地找我表弟，晚上的建筑工地楼层地上睡满了民工，他们只穿裤衩，躺在凉席上，睡得很放肆，四仰八叉，有的人在旁边摔扑克叫喊声很大居然也没有吵醒他们。各种牌子的烟雾懒散地飘在建筑工地的上空，灰的幕笼罩了一切，月光懒懒散散相拥，不亲近，也不拒绝，地上的鼾声此起彼伏，如同白天他们的体力活那样沉重。一辈子没有睡过一张好床，睡眠却很踏实。柳青说过：“人是一架耐磨的机器。”就他们那样的集体睡姿我以后再没有见过。

童年时夏日的夜里，院子里铺一领苇席，男人女人孩子们都坐在上面，月光明晃晃的，当头照下来，就等于给梦找一个憩身之地。我听到了不远处的玉米地里，蛙鸣声弹着青玉米的叶子，明丽的月影朗照一切，白天出山的大人们把山外听来的事努力用农民文学家的口吻复述一遍，谁都怕上茅厕误了精彩的一段。小孩子们不敢大声喊叫，怕一不留神碰落了玉米的香气、青草的香气。月影下老窑花纹繁复的窗栏板，一棵树宽的门扇，紫铜的门环，铁葫芦锁，看着看着睡意来了，不等散场人就睡过去了，被大人喊醒时骨软心糊得恨不得死过去。那样的睡眠我再没有找到过，尽管我处心积虑买了一张清代的雕花床。换一种说法，我在雕花老床上读书却是读得入迷，读得有了要命的欢喜。

长袖曼舞的时光

三十年前的一个秋天，我十六岁，在街角的一个不显眼处，守望一个人。

街上行人匆匆，逆着下午的阳光，我突然就有了一种孤独的感觉。

目及之处——县人民礼堂，我看到了他。他用手撕扯着所有进去听下午戏的门票。我肯定这不是在制造一种戏剧效果，因为，这是我的初恋。

我站在那个抬头正好目视他的地方，想该找一个机会和他主动说句话。甜蜜的欲望扩张着，“想说句话”似乎一天天在接近，眼睛里吸收的全是说话时的场景，这种焦渴让我在这样的时空界限里等待了一年，一年都没有找下个机会。然而那句话就这样在梦想中一天天弱了。我发现人家从来就不正眼看我，我一厢情愿地买了当时属于贵族用品的文学杂志，在每一本杂志封面左下角写下我名字拼音的第一个字母，委托别人送给他并要求不要说是我送的。我多么希望他能直勾勾看到并注意，然后某一天朝着我笑一下。想到这里我眼眶里的泪水就满了，稍动一下心事泪就溢了。

我站在傍晚的街角，目光被一次次弹回来，孤独的影踪袭击了我，看不见一个微笑甩给我，我等待的全部意义就因时间的提示愈加无奈了。

事实上，是我自己在单恋。

1986 年冬日，我坐火车去长春拍一部戏曲电影。在卧铺车厢的上铺，夜里兴奋得睡不着，我看火车在静谧的华北平原穿行，想《日瓦戈医生》中的日瓦戈也曾这样躺在去莫斯科的火车上，从格子里看雪花飘浸的苦难的俄罗斯，响起那刻意把政治意识浪漫化的旋律。文学的本质就是对现实的审美化的否定与超越，四十五年的俄罗斯历史在黎明冉冉而起时让我激动。在火车上，一切仿佛是从一条道路到一条河流，当我清醒地意识到自己存在并加以关注时，我想到我的命运还有我的初恋。“执子之手，与子偕老”，早已经远我而去，想想看，我竟不曾与他说过一句话，看到的永远是拧着的眉，看人时从不多一点洞透，略微一扫，只记得他大声吼过：“你们这一群唱戏的！”

我们这一群唱戏的，与现代生活截然相反的单调枯燥，却给我回味，那就是，历史以三五人的表演而延续着朝代更迭。历史很像是一幅图画里可以走来走去的部分，唱戏的虽不足以解释整个生活的道理，却能让你读出近乎绝情的哀恸。

他认为我们是一群有失正统人格的唱戏人，我对自己说，淑女本来就不是那么容易扮的，我就是个唱戏的。唱戏的在舞台上向人们展示的都是帝王家的高尚趣味，于历史中超越历史，于有意中归于无意，使留下来的东西更接近快乐。唱戏的有什么不好吗？书本之外进入历史的又一途径，叙述和逸事，动感和细节，情态和心性，人物图谱和生活景象，姬妾制度之外的浪漫爱情，瞬息即逝的爱恨情仇，让民间很简单就明白了富贵不长久、善恶有报应的道理，对历史的解读更快捷方便……这么多的好处，唱戏的不可爱就没有可爱之人了。

唯一不理想的是，我不是一个好的唱戏把式。从开始唱戏到结束舞台生涯，我始终在跑龙套，有时候是衙役，有时候是丫鬟，只一次替 A 角的演员演过一回《杨门女将》里的杨排风，一句起腔唱走调了，台下观众起哄，台上演员另眼相看，人一下寂寞得恨不得钻进布景后再不出来。

那年月，舞台可说是乡村唯一的活动场所，赶庙会唱大戏，舞台上甚至可以看见牵骡牵马的人。我是舞台上的闲人，看台子下的人张着嘴欢喜，逆光的轮廓，炙热的晚夕把他们仰着的脑瓜盖晒得滚烫，每个人都长得不一样，节奏急欢的乐曲中他们喘着粗气担心着台上剧情的发展，虽然已经看过好几遍了，但是，他们还是要担心。

我开始想那个人。找不出原因，为什么他不喜欢唱戏的？一个穿着宽松半袖的女人怀里奶着娃，她不时地抬头低头，上下撕扯着嘴唇，一缕鼻息吹动着她额前的刘海。两个老汉戴着破旧草帽，个子高一点的抽烟，一边抽一边咳嗽，个子矮一点的歪着脖子看戏。他们俩的旁边有一个汉子不时地摸一下旁边一位女人的手，女人的旁边是一位中年女人，实在看不下时就插在了他们中间，汉子很没趣。

人生如戏，我站在台上看风景，想起我的三爷，一个朴实的农民，在这样的傍晚他一定还在地中央，他关心山外的事，关心当下社会。我回乡看望他，他叫我给他唱戏，我下了功夫唱。野田野地，日头下滑的傍晚，三爷也是这样张着嘴听，我演了回主角。三爷家的狗举起了它的后腿，尿的温度在晚霞中升腾。我开始哭。三爷说：哭啥？我说：不哭啥。

我一直在想那个人。

我还记得《天波楼》杨六郎的唱段：“手扯手叫老娘，孩儿有话对你讲。我杨家四代忠良将，赤心耿耿保宋王。我大哥幽州替主死，二哥短剑一命亡。三哥马踏淤泥死，四哥失落在番邦。五哥削发为和尚，镇守三关俺六郎……”常听到激动处泪下，一个家庭为祖国就这么支离破碎了。

因为一句起腔走调，我被人喊作“凉调把式”，这样一个外号笼罩在我的周围，我便明白，我一生要支付给命运的是我得永远勾着头走路，再都不可能找到一个唱主演的恋人，连礼堂收门票的都瞧不起我。我想和人家恋爱的目的不敢和任何人讲，不敢张嘴。我哀巴巴等待那个收门票的给我一个正脸，可他总是在我们进进出出时把脸别向另一个方向，我看那个方向什么都没有，有时候是一阵风卷起了一阵沙土，有时候是几片落叶，我好不忍心把目光收回来，我的目光收回来时犹如我曲折的人生，有所怨悔，是因为学了唱戏。

我现在想说的是我不唱戏了，唱来唱去，只演了一个被陈世美抛弃的秦香莲的女儿，怜兮兮一声声呼唤，如秦女士的两只水袖，拂来拂去，没有台词，没有唱，舞弄着戏台上生活和爱情的继续。

记得有一年在长春拍戏曲片《斩花堂》时，我写过一封信给他。那是去伪皇宫回来，我为皇族社会最后一位皇后婉容心痛。郭布罗家族和爱新觉罗家族攀上了亲，做了一个退了位的皇帝的皇后，她的初恋诞生在亚洲第一个资产阶级民主共和国，它的子民已一律剪发喜庆共和，“宣统”只是一个空洞的尊号——给这样一个皇帝做皇后有多么尴尬苟且。她的初恋含着常人无法企及的意味，她最后疯死在延吉。那是一个看上去瘦弱的皇后，她的眼神挣扎，无光，糊涂的光线一点一点偷走她脸上的鲜艳。没有爱情，没有自由，她依依不舍地活着。

我要选择我的爱情，我不想和一个我不爱的人在一起，更不能用我的身体去温暖一个我不爱的人。虽然说单恋不算数，这一刻，我感到我对他的深深眷恋，我梦想我有列车的速度，不对，有北风肆虐的速度，我要向他表白！

信上我说，短的是初恋，长的是婚姻。婚姻是无法跨越的，因为我不能跨越初恋。我告诉他，我来长春是来拍电影的。那是一个电影演员吃香的时代，我做了电影演员，不唱戏了，命运于我如一片田野打开了四季的画面，我要见风生风，见雨生雨，我的命运里你的出现将要锦绣无边了。

一支蜡烛陪伴我度过一个别样的夜晚，东方吐鱼肚白的时候，我一下子明白了，我拍电影拍的是戏曲片，我依旧是演一个丫鬟，在人家心里，玉米在抽穗，泥土在喝水，我依然是个唱戏的。恐惧一下压得我喘不上气来，我木然等待天亮，早晨的清冽让我周身发僵，我想大声唱戏，我一定唱了，唱得软弱而冰凉，我的声音像鬼火一样，没有意识，没有方向。我在清唱中身体温度慢慢升高，没有了念想，甚至思维也断断续续，我睡过去，两天后醒来，我才知道我病了。

长春之后，我写过第二封信。那是在五台山。那里的女孩十五六岁，因恋爱不如意或别的什么而出家。人在剃度受戒之前是“在家”，而经过这道仪式之后，就算是出家了。有一女尼曾对我说，没有家，这里是我修行的地方。一句让我没有得到一点安慰的话。在信中我表达了我一个绵长未了的心意，我说，你就是我的未来的家，你具备了家的特质，你让我心向往之。封住信口的刹那，我的脸上悬着笑容，我往邮局的路上，唱着《三关排宴》里的唱词：

想当年那辽邦设下虎口，
你弟兄去赴会大战幽州。
你兄长一个个命丧敌手，
不成功已成仁壮烈千秋。
唯有你小畜生投降肖后，
配了她桃花女得意悠悠。
十余年来事敌寇，
直到今日不肯休。
还将银宗称母后，
老身叫你懒回头。
畜生你算杨门后，
你教杨家羞不羞？
得新窝忘故主不如猪狗，
还妄想返辽邦与虎为俦。
我大宋锦江山天阔地厚，
也无处容你这无耻下流！

唱到此处我一下警醒了，人家压根就不喜欢我，我压根就是一唱戏的，虽然唱不了戏、唱不好戏，出身在那里摆着，是更改不了唱戏“户籍”的。

我做了个云手，两封信一起撕成碎片，叫它们如蝴蝶一样飞向了垃圾堆。

1997 年夏，我在北京和一位蒙古族女人秀琴在电影院看弗朗西斯卡和罗伯特·金凯的爱情故事。当时，有一些南方的同学很不屑于《廊桥遗梦》的演义，他们甚至无法相信一个人怎么能用四十年的时间，去守候、去思恋、去执着一种仅存活了四天的爱情。秀琴说，恋爱是人永生的困扰，世界上如果真有爱情，譬如说我们被弄得没了心情，那就是失恋。秀琴说，人生目的太多，真爱定有。弗朗西斯卡和罗伯特·金凯，那是一种得到之后才找到的自己从前不知的遗憾和此刻的觉醒，用一生去守候。我和秀琴说起我的初恋。秀琴说，能解读你那站着守望的形象与姿势。初恋是没有实现的心愿，也是平庸中企图的奇迹，因此美丽。秀琴说，美丽的初恋让你站成一种永远等待的守候。秀琴又说，如若不是戏曲你不会有如此好身段好眼神，因为戏曲，你便有了抓住爱情的好手段。

可我的好手段始终没有被我爱的人发觉。

想想人的一生，将会有多少东西遗失在路上。这是必然。我们无意抛弃人美好的一切，我们行走在生命途中，有一天会因心灵负载很重时，拾起被遗忘了的美好，感受着远去了的情调。我现在已经是一个孩子的母亲，自然也就是一个男人的妻子了。我们常坐在沙发上说起往事。他说他曾经有过初恋，只是不记得对哪个女子有爱产生。那么说，初恋只能是一个过程，没有结果了，但绝不可能没有记忆。他一定对我说了谎。

这时，电视上正播放着《东邪西毒》。

他说：你当初为什么不直接求爱？我说：因为我是唱戏的。

他说：职业是问题也不是问题，要看对方的素质。

他的意思是他的素质高过了我初恋的那个人，并不是因为职业不是问题的结果。

这时，电视上的东邪正带着一坛新酒，由东向西，送给那里的西毒。一坛酒，一世人，就只为了一个女人桃花。

“我曾经听人说过，当你不能够再拥有的时候，你唯一可以做的，就是令自己不要忘记。”

“不久前，我遇上一个人，送给我一坛酒，她说那叫‘醉生梦死’，喝了之后，可以叫你忘掉以前做过的任何事。我很奇怪，为什么会有这样的酒。她说人最大的烦恼，就是记性太好，如果什么都可以忘掉，以后的每一天将会是一个新的开始，那你说这有多开心。”

一个醉汉斜斜地站起身，头与肩始终亲密地连在一起，一个用孤独抵达爱情的人，什么都扯不断他寂寞而又仇恨的旅行。桃花是以此试探西毒的真心，东邪是为借此一睹桃花的芳容，西毒是为了从此得到桃花的消息。一年一次，坛底见空。

“从小我就懂得保护自己，我知道要想不被人拒绝，最好的办法就是先拒绝别人。”

当手捏桃花的张曼玉倚在夕照脉脉水悠悠的小轩窗前，肠断白蘋洲时，结局自然明白。王家卫总是那样年轻而激情。他的电影跳出一些叫人心动的句子，心动的东西都酸心，我看着看着就想流泪。这么多年过去了，那些句子依然引我泪湿眼眶。

“知不知道饮酒和饮水有什么区别？酒越饮越暖，水越喝越寒。”

是我丈夫的这个人突然站起来说：“我对你感兴趣的唯一一点是，你唱过戏，唱过戏还这么真实。”

初恋给我无尽的联想，我真切地感到了它的存在。从恋爱的第一页到婚姻的最后，一切都是完全的真实。它牵动着我的想象，让我相信世界上不仅存在着精神与念想，同时还有守候。我能够守候这些美好的事物，在生存的距离里与自然更为亲近，是因为我曾经学过的戏曲，它告诉了我太认真的事都该由唱腔中的“咦、呀、呼、哪、咳、哎”这些虚字、衬字带过，这样，唱腔才能优美，人生才好舒展明朗。

罢罢罢。“十余载皇驸马南柯一梦，此一番管叫你转眼成空。”这样的日子里我明白了爱情和职业都是一个人的一个驿站，经历了才好向大地弥撒！

春天是那样透明，思想在行进中如水一样四处漫溢，我突然感到了某种温柔的触及。

在寺庙的阳光下微笑

我在秋天和朋友走进一家寺院——定林寺。风吹过，干净的黄土小道上有黄叶落下。我们就这样走着。因为，我既不想进庙里的三佛殿、七佛殿朝拜，也不大熟悉佛教的奥义种种，只是想在有佛的寺院的空地上散淡而无所用心地闲走，只是想看看宋朝的建筑。山野蕴含着古朴的静谧，一种迷离的幸福，那静谧是如此深广、质朴。

进得山门就看见分列有十几米的两棵古柏树。古柏全身的筋骨皮肉都向上扭曲着，形成了一种鲜明的旋转走势，像被千年大风抽上天空的两束干凝了的火焰。苍老的树皮保持着固有不变的沧桑。朋友说，从大宋遗绪与承传的脉络中走走吧，能听到历史的呼吸和沧桑。那么，从宋那个朝代到今天，我倒为树的古老而感慨了，一个单纯地授受着、接纳着自然而来的阳光和雨水，由宋朝的小苗到今天的古柏，始终都不隐藏外形，始终都是满树的枯裂、嶙峋，满树干凝的火。难道这也可能契合宋朝人本然的状态吗？真正面于古柏细部的岁月，我则无从注目。

后院一挑大殿飞翘的瓦檐吸引了我。我们从七佛殿后的二堂间的陡石阶而上，就看到止涓、问津二洞。有水清澈见底，硬币在水底闪着金属的光泽。我爬下去，断了气地喝。经过千年霜雪浸透的水使人精神充足。抬头就看见庙墙上装贴上去的牌匾，“大清光绪年再造定林寺功德录”，人的符号在这里永存了。想想看，人对寺庙的修建真是兴趣酣足啊。从宋、元延祐、清光绪到现今，匠人在技痒难耐中，敲凿声再度响起。“广施福田”“吉祥幸福”就是佛的丰腴、衣裙的流苏、兰花状的手指吗？那么可不可以说，人的行善，求的就是钱、权、名利和一切不弯下腰吃苦的幸福！守候在佛的足下，人是最有耐力的一种动物。

从“耸峙”二亭登高远眺，心情充满了美丽的对自由的感情。在寺庙的阳光下微笑，这时，看到的哪怕是一个古老的年号也不会使你吃惊，一首题写在古墙上的“到此一游”，只能略微让你同情难过。“时有风吹幡动，一僧曰风动，一僧曰幡动，争论不休。惠能进曰：‘不是风动，亦非幡动，仁者心动。’印宗闻之竦然若惊……”“竦然”的感觉是顿悟之美，今天依然在寺庙的阴影和光亮之间传递。这些建筑的寺庙，这些山野的气息。阳光在这里如此沉稳大度，如此安谧迷人。这时，我看到一棵树。一棵生长在众树之外的树，小枫叶树。一种阴柔的绿，在阳光下的空气里充满动感，充满快感。那细碎的叶子，片片充满禅机。远看很平凡，近看却有一种离经叛道的美。她的生长蕴藏着无尽的生命能量和佛性流传，只可惜她是一棵树，也只能是一棵树，所以通常情况下人们对它的审美到此为止。一座庙里的一棵树，被时间关注着，如此而已。

定林寺住着一位从中原流浪至此的无名僧侣，一个中年和尚。和尚在寺院的一角种植了木瓜、木梨树，在另一角种植了菊花。如此，我想和尚又一个秋天将更为繁华，也更为寂静。那是一个人在无声的繁华中的寂静啊。朋友说，时间在这里更具有相等的疏离的意味，他用熟悉的动作操劳他的一生。我想问和尚一些问题，和尚不语。我用了对男人的所有尊称，和尚仍旧不语。朋友说，这和尚怀有目的。我不这样想。“对那些见到无念的人来说，业（语言）不再发生作用，那么，抱持妄想以及用业破谜，对他们又有什么用呢？”我有疑问因我有欲、有念、有牵挂、有爱，不能如佛家弟子，无执着、无心念、无不舍。不执着就是不起爱憎之情啊，当这样的往心断念时，它既无住所，也无非住所，随时随地确具无念。我们的存在就如同风一样对和尚是空无一物了。

我们坐在定林寺外和尚耕种的玉米地边，看那些宋朝的砖木和修建拆下的瓦当诉说生命的流逝。听远方投宿林间的夜鸟的鸣啼，就仿佛听到了安德列夫的大声诅咒：“我用我的诅咒来克服你，你还能对我怎样！”我也像是一个朝圣的旅行者，在我的灵魂深处，却看不见六祖慧能那张穷苦人粗糙的面孔，他于我如这里的宋朝建筑残缺不全。这时，在山林间谈爱的少男少女相伴而下，这种场面，必然带着浪漫的寓意。想一想，一些不能释怀的事到下山时都消解了，感觉如同深山里的秋天，高朗爽洁，带着林中的泥土，宋朝的邈远和点点凉秋的寒意，这样的地方真是爱情再好不过的去处了。满山的山菊花开着，黄的、浅蓝的，一握握贴着裙边，拂过小腿。朋友说，看着这样的灿烂，我会激动得哭。这时，和尚永绝苦因的诵经声飞出寺外：

泉水那个清清了，南无阿弥陀佛！

在回程的路上，我想起一个和尚问长沙景岑禅师："南泉死后去了什么地方？"景岑禅师回答："石头做沙弥时，曾参见六祖。"和尚不悦："我不是问石头见六祖的问题，我是问南泉死后去了什么地方。"景岑禅师回答："对于这个问题，你自己去想。"

佛是一些涉及事实而不涉及一般的法则，我不够成熟，因此不悟。

那一片春光

戏台，是一个村庄最重要的场所。我们走过许多村子，戏台都很辉煌、很显赫地坐在村子中央。它每年一度的繁华，与四周简陋的房屋形成鲜明对比。这是与日常重复的劳动生活划开的区域，有许多激动的时光。很多很多的欢乐都让时间的拂尘一下一下地拂淡了。走上戏台，我惊讶地发现，一些恍若锣鼓的家伙，一派高亢的梆子腔，都被封在它的木板和廊柱的纹路里了，一起风，咿呀呀似有回放。

纵观戏曲的发展史，戏台总是与戏曲的产生和发展同步的。戏曲萌生的北宋之前，尚为歌舞伎乐表演，这种表演只是划一块地方，沁河一带叫“打地圪圈”。撂地为场，有天性活跃的人在场地中央手舞足蹈。后来出现了露台，把艺人抬高，看那个人展示自己，展示一块活跃的天地。有史记载，这种舞台始于汉，普及于宋，到 11 世纪的北宋中叶，在北方的农村庙宇内开始出现了专供乐伎与供奉之用的建筑——舞亭。舞亭的消失与舞台的出现有关，大众化给戏曲艺术走向成熟提供了适宜的土壤。

一年中最值得记忆的喜庆是从秋收后的锣鼓家伙开始的。戏台是村庄伸出的手臂，向神表示敬意，是人对神的暧昧。中国是世界上造神最多的国家。沁河两岸有伏羲、女娲、炎帝、舜帝、汤王、关帝、玉皇等诸多“国家级”神仙，更有二仙、崔府君、麻衣仙姑等诸多的地域神。人敬畏神，神不言而恒永。倘若村庄里没有戏台，“不惟戏无以演，神无以奉，抑且为一村之羞也”。一座戏台的出现可以让村庄的天空改变分量，连贫穷也像绸缎一样富足无比。一个村庄凡有神庙，几乎必有戏台，戏台是主庙之后最华丽的建筑，甚至都能与庙宇的主殿相媲美。戏台是人类为自己创造的一个快乐的场所。

我始终不能忘记，阳光总是很鲜艳地照在舞台上，如舞台上后来的灯光。将历史搁置到舞台上，人们开始娱乐历史，享乐历史，笑话历史。历史上帝王也有守不住江山的那一天，上天总会让他遭逢对手，于是就有各路英雄死在舞台上，死在锣鼓家伙声里。看他们的人生曲曲折折，既熟悉又陌生。坐着，说笑着，看谁有能耐活到今天，天底下还是俺们老百姓有活头啊。看戏的人笑舞台上的人一生都使的是啥力气，过的是啥日子，心里受的是啥委屈，担的是啥惊慌。当热闹、张扬、放肆、喧哗，牢牢地挂在台上台下人们的脸上时，看的人傻了，演的人疯了。神这时候也变得人性化了，明白自己是人世间最人性的神，是人操控着神的心力。

山里人对戏台真是太热爱了，热爱入了血液里。哪一年村子里都要开台唱戏，几乎每座装扮得金碧辉煌的戏台下面都能看到喝沁河水喝老了的人，他们把开台唱戏看作村庄的脸面、村庄的荣耀。一年能开上两台戏，村庄里的人外出走动都得仰着脸，所以，台上锣鼓家伙一响，台下黑乎乎清一色核桃皮般的脸上，会漾开一片儿十八岁春光。

戏台，拢着几千年中国的影子。纸上的东西了解得多了，对于老百姓来说总是不太踏实，过分动听的词句，往往都含有水分。一台戏，短促的热闹，闲月闹天的阶段，庄稼人看回头，看得情趣盎然才叫好。这不，天才麻麻亮，汉子就扛着板凳占位置了，落定的板凳腿要等戏唱完了才能回家。女人们傍晚等不及吃饭叽喳喳早已在戏台下风骚开了，男人允许女人在唱戏期间放松几天。那样的时光，是村庄人潮喧闹的季节。

剧团的演员及戏箱一到，演员就在村中央找自己的住地了。最早他们都住在空了的庙里，或腾出来的学校，地上铺了谷草，地铺就在谷草上打开。后来演员长大了，到了唱戏的台口，一部分人就懒得和大家群居了。乡下人给剧团编了四句顺口溜：“一等人睡炕铺毡，二等人支桌蹬砖，三等人满街乱窜，四等人就地铺摊。”头句是说男女一号们都住在大队院，有床，床上还有毡；

第二句是说男女二号们在腾空的学校里抢先用学生的桌子合并了高出地面的床；第三句讲既睡不上床又抢不到桌子的演员心有不甘，只好满街窜着想借住几天人家的空床铺；最后一句是讲跑龙套打把子的，自觉低人一等，落在实处有啥只好睡啥。现在和从前有所不同，剧团演员都睡了折叠钢丝床。不知为什么，我还是喜欢从前。

从前，四方步伴着梆子板眼敲打的节奏，一脸油彩似乎就穿行在了写实与象征的两重世界。人生如果是一场梦，演员演到极致便回到了自己的前世，而前世演过的跌宕起伏的大戏，今生却不知依旧是戏还是在演绎自己。人不知舞台上萧何月下追韩信，为何要义无反顾。为何？刘邦说："母死不能葬，乃无能也；寄居长亭，乞食漂母，乃无耻也；受辱胯下，一市皆笑，乃无勇也；仕楚三年，官止执戟，乃无用也！"有谁知，又有谁知？追来的人到最后落下一段唱："到如今一统山河富贵安享，人头会把我诓，前功尽弃被困在未央。……这才是敌国破谋臣亡，狡兔死走狗烹，飞鸟尽良弓藏！"人生苦哇，若干年后，江苏淮安推出"漂母杯"，那个奖如若不是韩信谁能知道那个无名氏"漂母"？天下事，"演朝野奇闻兴废输赢可鉴，唱古今人物是非曲直当资"。

那样的舞台上，那样的大英雄悲歌。

我看见过山西省万荣县孤山脚下的北宋石碑，碑上记录着民间集资建造最早的中国戏曲舞台。北宋叫"舞亭""乐楼"，在大都市汴京还被称作“勾栏”“瓦舍”“乐棚”。“山乡庙会流水板整日不息，村镇戏场梆子腔至晚犹敲。”这是一副民间旧戏台上的楹联，当今人想要和历史对话，能找到的唯一的活物实际就是戏台了。其他还有什么呢？得天时之利益于一世，扬个性通达于戏台，时风时雨造就了读书人两种出路，一在庙堂，一在江湖，江湖多出编剧才子，身价不涨，只混个江湖受人追捧。那样的才子虽死犹生。

沁河岸边的古戏楼旧了，肉眼寻见它时，它已经失去了俗世快乐，赤裸在天地间。曾经在黑夜里能瞥见丽日天光的地方，也是给普通人再现贵族生活的地方，我看到它时寂寞到了悲伤的程度。无人救我。只有那戏台上重檐歇山顶、青灰筒瓦、正脊鸱尾艰难涌动直刺青天；只有那左右垂脊立瓦、靠旗长枪，等待着大锣亮声好腾空远望。然而都安慰不了我，天地间只活跃着我的喘气声，我过于清醒地明白：修补是必需的，不修补就是毁灭，但往往修补就是另一种毁灭。一个注定逃不脱岁月无奈抗衡的建筑，它生或者它死，谁来多问几句？！

那是一座由斗拱组成的呈放射状的戏台藻井，覆斗式八卦形，盘龙圆心结顶，周边复套小八卦，并有八条游龙镶嵌其间，一座富丽纤巧的舞楼。改革开放后它的挑角塌落了，匠人修复时看到一条椽上写下：“比我工匠好的少上一根椽，不如我的多上一根椽，再好的工匠也有多少之差。”拆卸时是编了号的，修复时现代的工匠多上了两根椽。手艺消失得如此快速。文明的复兴是历史进程，慢是一种坚实凝聚。慢下来吧，让我们的手艺慢一些走向生命的终极。

难道像生物体的衰老那样，建筑也无可逃避？笼天罩地下，沉郁的秋，深邃明净，丈量不出的广阔与深厚，谁预支了晚秋萧瑟的悲凉？黄昏甫至，该是“余霞散成绮”的季节，为何黯淡暮色，沉重如铅色？

宋金时期，沁河流域的神庙中，除了专门用于神仙仪典的祭台和献台，普遍出现了专门用于乐舞戏曲表演的乐台、舞亭和戏楼。殿前的广场上，设置两座露天的方台，一座是摆设供品的献台，一座是用于乐舞戏曲表演的露台。当时在露天舞台上，乐舞戏曲演员叫“露台弟子”，演绎到民间便有了“露水夫妻”。露台的分离意味着乐舞演出与祭祀供奉的分工，乐舞百戏表演作为精神文化需要在庙会中越来越显得重要。金元之交，戏曲在乐舞百戏的摇篮里脱颖而出。庙会期间，除了社火，人们更喜欢雇请专业的戏班。露台和舞亭逐渐演变为殿阁的形式，戏楼和神庙之间又留出了开阔的观众场地。自从杂剧出现之后，戏楼跟戏曲之间，有一个互相适应、互相磨合的过程。从沁河两岸古戏台的形式上看，有歇山顶，有单檐歇山顶，有重檐歇山顶，还有十字歇山顶。特别是金元戏台，作为建筑的一种遗存，古戏楼除了提供演戏场所，其本身又是一个综合的艺术品，从装饰上，有雕梁画栋，琉璃、砖雕、木雕，还有石雕镶嵌的戏楼。再有一个，就是它的楹联，比如：“六七步九州四海，三五人万马千军。”四个龙套，一个主将，舞台上转一个圈便从长安一下就北上进入了胡儿小国。有的楹联表现戏曲的虚拟性：“舞台小社会，社会大舞台。”到宋金元时期，从“惟有露台阙焉”“既有舞基，自来不曾兴盖”等神庙碑文所记来看，露台或舞亭已经成为当时许多神庙必备的建筑之一。舞台在不断扩建中一点一点消失，消失在人的欲望扩大下。

清，舞台最活跃的是春秋二祭，即春种时来祷告许愿，祈神降雨，盼望春耕顺利，秋祭时杀猪献五谷请戏班子唱大戏。是村庄对自然敬畏的象征，为酬神而建。神庙大都坐北朝南，正中间叫正殿，正殿代表着一个礼的概念。要在那儿举行仪式，对面的戏台，则代表着乐的概念，古老的礼乐，礼以兴之，乐以成之。礼乐不是一种技艺，不是任何训练，是一切，是一个人从生到死与自己相关苦难的敬畏。

眼下，我们还需要敬畏什么？！敬畏，这是人体肺腑最健康的拥有，如今似乎缺失在了浮躁狂妄散乱之下。许多美好被遗弃被当作历史垃圾。这些历史垃圾成为戏剧财富，成为萧何月下追韩信，成为徐策跑城，成为霸王别姬，成为杨门女将，成为贵妃醉酒，成为王宝钏守寒窑，成为岁月的灰烬里，世界不再是奔跑速度，而是一种慢下来的享受。

被荒疏了的日记

对于经历过的人们，这是一个怪异的奇迹。怪异的天象，至少在当时闭塞偏远的乡村来说，是不可理喻的事。月食就糊里糊涂地来了。

新中国诞生之初有过一次月食（月全食）。它发生在 1953 年农历六月十六的北京时间 6 点 33 分，这时月亮“初亏”。我国这时的日照长，那个时间月亮还没有升上来，所以，也不可能看见月食的开始。一个小时以后，也就是北京时间的傍晚 7 点 33 分，月亮开始“食既”。可惜，那一刻的广大中国农民正在乡邻和睦的笑声中喝稀饭，也就忽视了这个非常热闹的短暂的时光。当晚，北京时间 9 点 11 分，月全食完毕，月亮“生光”。晚风四起时，刚刚开完了党员会议的山西晋城沁河岸某村的社员们，走出由寺庙改建的小队队部，掐灭草纸卷好的烟头，把剩下的半截卷烟按在耳朵上，嗦嗦的风声跌宕在树木和附近山梁上，似乎是蚁虫在连绵低鸣。有人长舒了一口气，看见月亮渐渐脱离地影边缘露出了金边，突然有一种想喊想叫的感觉，即刻就叫了出来：“天狗吐月亮了！”

站在人群中的广大社员同志们仰头望着扩大的月亮，各怀心事。

刚才的会议讨论的是：明年三月，公社该不该放开副业生产。因为副业生产不仅直接关系着保证百分之九十以上的社员增加收入的问题，还对支援国家工业建设有重大意义。会上党支部李书记强调了上面的意思。上面的意思是：虽然，政府已经放宽了对生猪和畜产品的收购标准，提高了收购价格，但是公社与个人还存在着明确的矛盾。农业合作社应当根据省人民委员会指示的精神，结合本社的情况，明确分工，不应该一切都强调归社集体经营，把社员限制过死。比如，单挑运输、采树籽、刨药材、钉鞋、钉掌、油刷等，这些宜于社员个人经营的副业，就应该放手；又如，养猪、打猎、编织、打铁、木作、砍山货等也应该让社员个人经营。社员个人的副业收入应该归社员个人，要制订出多少劳力搞农业、多少劳力搞副业的计划，劳动之余的副业应归社员个人，只有这样社员的劳动积极性才能提高。会议上社员的耳朵都支棱着在认真听，听到耳朵里的话大家都明白了，都很兴奋，同时在眼睛里也流露出了风沙吹不尽的好奇渴望。讲话的人和听话的人彼此都在真诚体会自己看得清和看不清的一切，都在想着过去和今后，前途一阵阵清晰又一阵阵渺茫，不知道下一步该先迈哪只脚走路。

没有一个人敢多说什么，会议整个过程大家都静悄悄的，不说话，煤油灯的亮度还照不清楚社员“不想说话”时脸上的内容。每个人的内心都在翻江倒海地倒腾该不该多话。社员们都知道，政策和落实不一样，这时候多说半句话都是铺张挥霍。

主持会议的李书记叫起坐在前排看上去有点屁股不稳的社员李奎问话。

李书记问社员李奎：“李奎，你站起来说，你每天能做几个小椅子？”

李奎毫不犹豫地站起来：“六个。”

李书记的眼睛盯着李奎看，这样的看法让李奎心里发毛。李奎歪下脖子看地上的脚片子，一双烂了帮的鞋在地上摆着，趾头黑不溜秋藏在里面，有探头探脑的意思。

李书记说：“李奎，你抬起头来看我，地上没啥看的。你一个汉子，只做六个小椅子？你的力气就没有用完。”

李奎急上了，一下又坐了下去：“你知道还问！”

李书记说：“我就要你亲口说出来，看你心里是咋想的！”

李奎说：“咋想的？我做太多也没用，都是大集体的。”

一句话把李书记说住了，没话了。地上的社员等李奎这根导火线燃响儿，想知道上边说的意思有多少成分是真的。半天没响儿，等于是哑炮。社员明白了，李书记也就是一个上传下达一下的人物。李书记不能说李奎说的不是真话，既是真话，也不能说大集体就应该少做，人家下了力气做，工分还是八分，多下那力气有什么意义？！话多一个字都不好往下继续，于是，彻底冷场了。宣布散会的时候，李书记要李奎留下来。

这一夜，李书记在他的日记上写下了如下一段话：

> 按照副业生产活计的难易、社员技术高低和产品价值的大小规定副业生产的劳动定额，社员才能满意的实际情况，我很想让在座的社员都发自内心地讲讲，可是没有人说话。自从分了田地和屋子，社员们就变得没有头脑不说实话了，看政策有甚动静，就等着一有动静了好得实惠。上边的政策好不好，社员们反正都是一个很敏感。这些个社员群众，天天给他们揉眼睛明心胸，可他们就是一脑袋狡猾，一盘散沙难管教。我敢肯定，这夜的会议让所有听见李奎答话的社员心里应该是骚动了一阵子，因为，李奎藏头露尾说了实话。散会后我留下李奎悄悄问他每天能做几个小椅子，他说："你保证我说了的话不外传？"我说："我保证！"他说："十个能够保证，十二个松松的。"李奎不放心地走到门口，指着外面天空的月亮叫我发誓，他要我说，如是我说出了李奎说了实话，我到秋口上烂了舌头得吃不下病死了。我才看到天狗吃月亮了。天狗吐出的月亮照着村庄，李

奎的烂帮鞋拍打着青石地，这个鬼头鬼脑的家伙，搅得我心乱如麻。

1953 年六月十六日

我是在晋城古玩市场上无意撞到这本日记的，它是普通的硬皮日记，封皮有一个凸起来的毛泽东头像，四角是凹下去又浮凸出来的缠枝富贵牡丹。翻开这本日记的第一页是《我国 1953 年全年工业生产计划图》，它以 1952 年上半年的产量和 1953 年的计划产量做了比较，从中告诉我们“五年经济建设的第一年，我们将要获得的辉煌成就”。

这一天的日记到此就画上了句号。之后是一个女人记下的织毛活的编织针脚。

我隐约从这本日记中看到了一缕曙色霞光，但是，现实有时候往往会被不知什么地方的来风吹散，仅留下一片并不虚无的梦境。1953 年之后，我国发生了许多事情都束缚了社员的手脚，并且彻底摧毁了“老有所终，壮有所用，幼有所长，鳏寡孤独废疾者皆有所养”的理想社会。时隔三十年、五十年或更长时间，一页干脆泛黄的纸页告诉了我们，鸡毛蒜皮的事传递着当时的气息，由当时的气息而衍生出的幻景眼看着就在前面不远处了，却眼睁睁看着它在指间溜走。其中，又让我感到了社员的“希望”就是适度的“保守”。不管怎样，社员们走到今天，他们响应着政府的召唤，该做什么的时候做什么了，不该做什么的时候依旧做什么了，不为什么，就为了目力所及之处都是黄土。他们的保守说白了就是聪明，“小聪明”。比方说，他们有足够的麦子，他们却不吃，要吃玉米，对外总说，我没有多少麦子了，屋子里尽落下粗粮了。社员这样说是穷怕了。社员的私心大多是围绕着自身的利益来考虑，只是他们的利益常被政策误导而失去了长远理想。他们说了一些实话，却要保证实话不能外传。他们真正能够敢说真话，是几十年后中共十一届三中全会召开之后。包产到户，一场席卷整个中国、深刻影响中国土地政策转变的旋风一下让他们知道了：是该下死力气的时候了。也只在此时，中国政府才让中国农民真正过上了充满活力的富裕生活。

天还是这样的天，地还是这样的地，云，远近高低，悠悠成景，风，刮来刮去，万象更新。1953 年的日记已经荒疏了，荒疏了一个老党员夜晚很农民的细节。而许多的细节相连，环环相扣，才构成了社会的进步。往往我们对于细节的荒疏，把社会的进步视为社会的必然进程，却忘记了其中的挣扎。

我从日记的扉页上知道了日记的主人叫李书平。因为经年的日子，他的名字淡淡的，只落下了线条般的几笔写意。

妈妈，领我去看河

有一种香是这样的，它不晦不昧，似有似无，不染阳光的沉滞，在山间植被的薄暗里不粘红尘，似有森森细细的湿，空气在其中潜隐地流过，虽绵细无力，却真真地沁人。那就是水香。

儿子说：妈，你什么时候领我去找河？

什么叫河？曾经以为北方的河是扎根在大地上的。从涌出到奔走呼号，两岸的水汽，沿河的柳，明洁净亮。那样的景致，从我出生伴随着我的成长，我是看到过的。

儿子出生时，我已经是城里人。做城里人，是每个出生在乡下的孩子或者家长梦寐以求的事。儿子出生到懂事，他看到的是楼。那些筑在平地上的与山势近似、错落有致、俯临众生，尤是夜静时那些似是而非的楼群，儿子常常说，看，那些山。

山下没有河流过，能叫山吗？

四十岁做妈妈，我有大快乐。那个小生命在我的体内成长，他的到来，让我一点点感觉我生理和身体的变化。我一直不能很好地调整好自己的角色，在要与不要之间徘徊，他来了。来，如一尾禅烟。一个人一生要经历的礼遇不胜枚举，当他到来的时候，我双手合掌，闭上眼睛说：天赐给了我宝贝。

他像一个陌生人似的，我完全不知道他未来会长成什么样的男人。当我在床榻上醒转，他那双亮晶晶的眼睛看着我，我们彼此都很陌生。是的。他就像我文字中的一个逗号，时时出现，在纸页间跳动，那些被标点过的段落全部溢满了我的幸福。

他照着人的模样长大。

我开始给他讲一些故事，背诵一些简单的唐诗、宋词。当我有一天讲到河时，他已经会用简单的话语来表达。他伸出小手张开五指在空中不具形地拐了几个弯。河，一定是幼儿老师教他的，画布上的那种线形河。我告诉他，河是有声音的，像鱼缸里充氧的气泡声。哦，我的比喻一定很愚蠢。夜静的时候天上的月明会射到河面上，我告诉他，还有细细碎碎的波纹叠着月光。还有，是流动的水，像水管里水流的哗哗声。他不问了。走进厨房打开水龙头，水喷涌而出。他关上水龙头说，那多浪费水呀！

那是河吗？河还怕浪费！

我无法告诉他河是可以把村庄串起来的，是缝合山与山之间的彩线，还有，流水是时间的声音，是地球上所有活物的命。他不会懂。

我总是在忙碌。离城很近的地方哪里有河呢？我回忆曾经走过的地方。所有的似乎都只剩下河床了。能想到的都该叫“河床”。人流如河流涌向城市，黑色的乌金如河流般滚滚向前，向前，一路向前。也就是几年的事情，河流失去了生活的美感和历史的质感。

有同事来电说，周末带你的宝贝去看河吧，有你念叨的水味，透澈。她的话浪漫、抒情得美好。

我带上儿子即刻启程。我已有很多年没有见过河了。去年8月去南方，那种水香至今在精神世界充盈着，让我渴念。儿子说：“我们可以不带水，只需备好一样东西。”我说：“什么？”儿子说：“嘴呀！”

就这样，我们甩手上路。

4月，扬着尘沙的日子，头顶上悬着一轮干黄的太阳。比较晴天，那一种黄让人心情郁闷得有一种不可名说的急躁。要不是为了那河，这样的天气，我是决不出门的。黄沙嘶鸣着从车窗缝隙流入，同时也流入了几丝斜斜的没有心情的阳光。

车到县城，结伴而行的有几位带着孩子的妈妈，一车人挤挤的。儿子很兴奋，一路上看风景，我指给他看更远处的山，他的小脸贴着玻璃看远处，风沙太大，看到的也只是漫天黄尘。伴着风沙，豆大的雨滴落了下来。司机说：“扬沙天越来越多了，出门都不敢举头仰视，尘沙把这个世界弄得很坏。”他的表述让我惊讶。他指给我看，说路经的这条河，曾经有水流过。他用特殊的目光，用我看不透的复杂的神色去眺望他记忆里的这条大河。河已经流去很远。河床上排列着色彩各异的石头，雨过后，成为一道风景。

我们几个拉着各自的孩子在石头之河与麦苗返青的田间穿过，感受着上古到如今风景一贯的魅力。一条河走远了，一代不由自主竭尽全力活着的人走远了，自然山水和遍地覆盖的植被是否也走远了？历史在白云苍狗的漫漫发展过程中无知觉地背叛着一种永恒。尘沙，可是人类留给自己最后的归宿？

大约午后，我们进入山里蜿蜒的土路，山越来越陡峭了，在很深的山沟里，我们似乎闻到了青涩的水香，尽管粗重的沙粒依旧在脸前飞扬。翻越山头，下山，河的模样出来了。儿子像猴子一样怪叫着，小手指着窗外要我看。一个洗葱的闺女，在河边扭头看我们这些城里来的灰头土脸的客人。她无意间的点缀就给这细瘦的河添了出色的“好”。倒不是闺女有多少媚丽风情，只是一个朴拙的憨态、翠绿的葱、粉白的手、三颗两颗倒挂的绿，辫子滑到胸前就用力往后一甩，那个标致，真格就出了彩。

细细看这小村，山环水拥，流泉水哗哗，泉上三块两块条石砌在一起，居然做了房屋的根基，院内有树，杏花、桃花、李花闹作一团。翁媪苍苍，捣衣声声，我们被感动得大呼小叫。大一些的孩子如飞鸟，四下散开，剩下我的宝贝，他小心地拉着我的手，踩着泉上的石板往涌泉的洞里走。泉水静静的，悄无声息，一些细小的蠓虫在泉上飞舞，泉下有小巧的泥鳅在游，在这里你感觉不到水流，在它的下游有水声传来。水透明，可以看到水下泥沙中生存的游动的水生物。我们从石桥上走过，有亭，亭中有烈士纪念碑。为了胜利，民族英雄、普通战士，究竟有多少人在艰苦岁月里献出生命？燕赵多慷慨悲歌之士，我看到碑上的烈士，大多是山西、河北、河南的儿子，他们形销骨散后，这泉、这山，恩养着他们的灵魂。

我就这么痴立在源庄的泉水旁，闻香，身心不知所从。古人说：真水无香。水若无香，怎么能有一波一折、质朴天然的灿烂？怎么能有高朗爽洁、曼妙着点点凉意的清纯？

村庄里的人问：“在城里，你能看到这明净的泉吗？”

儿子仰起小脸问：“阿姨，不叫河吗？”

村庄里的人说：“娃娃，要几条这样的‘河’合并才叫河。”

儿子说：“妈妈，突然看见你比他们的妈妈老了。”

“是吗？”

很怪异的话，儿子一定是怪妈妈没有领他看到真正的河。

“是想看河才这样讲妈妈老吗？”

“爸爸说你很怕老。”

我的宝贝，你的思维为什么会是这样的？妈妈想把你扔到泉里，让你感受什么叫泉水流经河的温暖。

我记得数十年前的城市边缘，我还看到过水、荷花荷叶。每到夏秋之际，粉红的花，翠绿的叶，风一吹，它们摆动出一塘涟漪。那是大自然最细微的零星韵律，看着花开，心情也还是朗晴的。可惜，风物已是比不得昨日。现在的城市，汹涌而至的垃圾遮住了原来蓄水的池塘，似乎并不是很久，出门觅得的，已是一座标志着文明的灰色立体物了。城里人喝着黄锈的水，心情却大都不在水上。水和着泥砌出的墙不见了，随之而来的是用钢筋水泥堆起来的高楼大厦，伤痕斑斑的裸土、污秽片片的死水，如今，到哪里去寻这清洌的泉子？

儿子，我多想要你在物事的消减中明白什么叫美好，你还小，你成长的经历会告诉你一切。

海水、河水、泉水。在一个地理的方域里，泉传承了海、河那种流程的动天声响，它汩汩、涓涓、潺潺，融入人类的疼痛、欢欣、辛酸和喜悦，对于世界，它呈现了无限的安宁。

我想哭。我把你带到世上，原本在城市里该看到自然。自你出生起，城市里的河就已经消失了。走这么远的路来看河，只看到了实际意义上的泉，泉在下游断了。我不能告诉你宝贝。你的喜悦用了一个最文明的词语来感恩：谢谢妈妈。我怀你太晚，有许多东西消失了，你看不到，这是妈妈的错误。

好时辰——年

有许多民间的东西消失了，而我对消失的东西一直心怀敬畏。当我知道故乡大年初一依旧保留着送喜神的习惯时，面对无论是现实的故乡还是精神的故乡，我均无法不泪眼相看。我知道，无尽的朴素和无尽的繁华与长存的良善一样，一定有，且永远都在故乡。

故乡的腊月天里充满了年味儿。年的盛典是故乡人用脚力和体力走过来的，就算是一年辛苦，走到年前了，该磨豆腐了，该杀猪了，该宰羊了，丝毫不敢含糊。村庄被年味儿罩得雾气弥漫，这样的热闹是时刻与别人的生活紧密连在一起的热闹。每家每户都把年看得很重，这种周而复始的热闹，是稼穑春播冬藏的盛大典礼，是人生五味甘苦的春华秋实。

充满年味儿的腊月天让大大小小的人儿看上去充满了期待。从腊月初八给灶王爷上了腊八粥开始，人们就开始掐算着年了。

腊八粥是想甜住灶王的嘴。吃了人的嘴短，这样，灶王爷才好“上天言好事，回宫降吉祥”。故乡对“年”高度的热情，从腊八粥开始，让大人和孩子们日夜思绪难宁。腊月十几，家家户户都蒸上了，白的馍，白的十二生肖，黄的米团子，炕皮上的席片放着面板，揉了碱香的面一团一团地懒在案板上，炕围上贴着的报纸是去年的某一天，挂历画上的穿泳衣的女子美丽饱满，炕横头的锅台上蒸笼里挤出了热气，灶膛里的火苗蹿出来，谁家的女人喊道：“今年的馍馍一定蒸开花了，看这火欢死了。”带了铜顶针的手指在蒸锅盖上拍拍，一锅的好生肖出锅了。年把油菜花般的黄花闺女过成了屋子里的糟糠之妻。腊月二十四扫除，风把去年的尘土刮走了，年近了，真近了啊，年轻的孩子们希望年再近点，恨不得天天过年，过到恋爱季节。

离年近得只有一天，除夕开始请祖宗了。解放前，官员可以兴建家庙，寻常人家祭祖，会在厅房或正房墙边摆一条长几，几上放置先人牌位，这些牌位均有木质外罩，并以镂刻为装饰，木罩内的木板上以正楷字体书写着自家祖宗。敬祖宗后开始贴对联，放鞭炮。年夜饭是老百姓一年中最丰盛的家宴，除了酒肴山珍、猪肉粉条，还有生活中说不尽的酸甜苦辣、道不完的儿女亲情。守岁守到五更天，给菩萨上香，放第一声“开门炮”，炒豆子一样把故乡的年炒红火了。

初一五更天，家家院子里燃着明火，孩子们围着火堆嬉闹，大人们开始敬神。耕读传家的乡人首先期望牲畜健壮，田里无病无灾。他们一早要拜的是五瘟和五谷神。读书自然盼望金榜题名，光耀门楣，在校读书的孩子们跟随大人手捧一把香去夫子殿和文昌阁，文昌阁内供奉文武主考一应俱全，乡间寺庙都是多神共处的，孩子们一一磕过去，所有的神都拜过了，一切依顺神佑，去年的不快、顾虑都被洗涤得干干净净，来年有福了。乡人信奉求什么得什么，尤是大年来临，仁慈的神会眷顾他们的未来。

大年初一上午，开始迎喜神。从大队的仓库里取出闲置一年的铜响器，年轻后生们嬉笑着敲响了第一槌锣："台台，大大，仓！"听见锣响的人们心一下子开了，家家都往篮子里放置牲畜要吃的东西，其实也是人吃的东西。各家各户往出赶牲畜，迎喜神。迎喜神迎的不是哪门子神仙，是乡下人的五畜六禽，这是老祖宗留下来的一个活传统，也是关于生命的事情。

一缕炊烟，几声五畜六禽的叫声，人就有了活下去的精气神。五畜六禽和人一样，一年开始了，一年的开始是简单、自然，也是喜庆，五畜六禽一年给人带来了福，人也要敬重五畜六禽呢。年三十晚人们吃了岁饺子，大年初一就该五畜六禽吃"岁"了。家家户户把五畜六禽赶到一个大的空地上，篮子里装了最好的吃食——腊月里蒸下的白馍。人围了五畜六禽，有打响的开始"咚咚锵，咚咚锵，咚锵，咚锵，咚咚锵！"很有节奏地敲。原先的时候是细吹细打，现在的人活得都粗糙了，能拿得起细活的不多——乡下人把弦乐叫细乐，把锣鼓铜镲叫粗响儿。迎喜神等于是大年初一和五畜六禽一起过年，故乡人敬重它们都是一等一的壮劳力呢。乡下人相信，磨难会在五畜六禽中激起残忍，而人的心间就应该唤醒良善，良善是所有生命活下去的光明。古人们相信“万物有灵”，大地上布满了具有魂魄的事物，牲畜、山水、土地、风、雨、雷、电等，这些事物选择了与人相亲相爱，人更应该毫不吝啬地用亲爱把一切生命的激情点燃。

“过年迎喜神啦，五畜六禽一家人啦，一保田地，二保钱财，三保平安，四保喜神，五保祖先，六保太平，千年保富贵，万年保儿孙哪！”

嗵！啪！

年味儿真足了，抓一把，浓稠得确有几分手感。

珍重这个好时辰吧！

一面百味的境界

民以食为天，这是千百年来民众生存活命依附的一个大真理。填饱肚不生事，依据常识行事，生活才会有鼓舞人心的日子出现。在山西，填饱肚子，面，居功至伟。

面是天地之间最普通、最实在、最没有富贵气的民间食物，千百年来，人们对面的态度，反映着社会、生活的水平。有面吃，才能饭饱生余情。

吃面啊。

吃面。

吃啥面？

刀削面。

你听了这样的对话有啥感觉？我感到了麦穗里面的福气正朝着美好的生活鼓出来。

山西人几天不吃面便觉得心焦难耐。一日少一顿面，在老人眼里，熟悉于心的日子已经不成样子了。没面吃，日子完全没了架势，扰乱了富贵，做面的女主人便觉得空落落的，虚弱、酸楚，哪儿哪儿都不敢和人家有面吃的人比，端着碗不敢去串门儿，跟打麦场上闲着的连枷似的，麦子可是一家子的细水长流哇！

我最喜欢吃的面就是三合面，浆水菜哨子，70 年代的“为人民服务”大海碗，坐在自家的土窑炕上，边吃面边听妈唠叨：“吃饱饱的，出门在外吃不上妈的手擀面了。”

世界那么大，阳光那么好，成长是多么不开心的事啊。我那时虽然十几岁的年龄，自小常想长大的事，长大是要离家的，家是爸妈在灶前扬眉与低首之间的一个幸福，在家的日子就是蒙着爸妈的开恩，想吃面，不用自己动手，一碗面来了。出门的人，就算一碗面有人举案齐眉送至眼前，可那面里头再没有了爸妈的唠叨，再好吃的面都显得寡淡了。成长让一个人岁月静好尘埃落定，好吗？也好也不好。成长，让擀面的人和不动面了，刀锋似的，瞬间即老。

面大约在一千九百多年前的东汉就有。东汉恒帝时有一个很喜欢吃面的尚书叫崔寔，写了一本《四民月令》的书。书上说“（五月，）阴阳争，血气散。夏至先后各十五日，薄滋味，勿多食肥。距立秋，无食煮饼及水溲饼”。据考证，“煮饼”“水溲饼”是最早的面食。崔寔尚书吃面居然吃出了经验，知道吃面也有自伤的时候，说有些月份是不可以多吃面的。面在魏晋时称“汤饼”，南北朝称“水引”“馎饦”。我由是喜欢面的先祖“水引”。你来想象一下，就像中药罐中的药引子七粒红枣一样，失去了引子，中药药性就失去了大半。面是水引，在清水中一掩一映，一蓬一簇垂吊在筷上，散披在锅里，让静伏在炉畔的胃口，先是汩汩欲出口水，再是一阵难耐的下咽。眼睛里的馋啊，时不时地涌进半帘香雾，急不可耐拿了细瓷青花碗儿一舀一吆喝，馋人的胃口真要连碗下咽了。

《齐民要术》介绍说，做水引，先要肉汁将面和好，然后用手将面挼成筷子粗细的条，一尺一断，放在盘中用水浸，做时手临锅边，面条要挼得如韭叶一般薄，用沸水煮熟，即为“水引面”。我想也该就是如今我们山西人喜欢吃的拉面了。

面的发展要数宋朝。北宋汴梁城内，北食店有“淹生软羊面”“桐皮面”“冷陶棒子”等，川饭店有“插肉面”“大燠面”，面食店有“桐皮熟脍面”，寺院有“素面”。南宋都城临安城内，南食店有“铺羊肉”“煎面”“鹅面”等，面食店有“鸡丝面”“三鲜面”“银丝冷陶”等，菜店则专卖“菜面”“齑淘”“经带面”，山林之家有“百合面”和“梅花汤面”等。面把那个热衷风花雪月的李师师丰仪得如雪地春风，曾经浓墨重彩的汴梁城里，面于赵皇帝，赵皇帝于李师师，就是生活里的阳光，就是那爱情一传老远的声气，让走在万古无春的天边路上的赵皇帝有了星星点点的斑斓春梦。

这些面都不如我们山西的刀削面。

山西的刀削面内虚外筋、柔软光滑，在国内外享有盛誉。

关于刀削面有一个民间的传说。蒙古鞑靼侵占中原后，建立元朝。为防止“汉人”造反起义，他们将家家户户的金属全部没收，并规定十户用厨刀一把，切菜做饭轮流使用，用后再交回鞑靼保管。一天午时，一户人家的女子和好面后，让汉子去取刀，结果刀被别人取走，汉子只好空手返回。在出鞑靼的大门时，汉子的脚被一块薄铁皮碰了一下，他顺手捡起来揣在怀里。回家后，水在锅里滚着，面团在案板上，全家人等吃面，刀没取回来，汉子忽然想起怀里的铁皮，取出来说：“就用这个铁皮切面吧！”女子一看，铁皮薄而软，嘟囔着说：“这样软的东西咋好切面？”汉子气愤地说：“切不动就砍。”“砍”字提了个醒，女子把面团放在一块木板上，左手端起，右手持铁片，站在开水锅边“砍”面。一片片面叶落入锅内，煮熟后捞到碗里，浇上卤汁让汉子先吃，汉子边吃边说：“好得很，好得很，以后不用再去取厨刀切面了。”这样一传十，十传百，传遍了晋中大地。后来，凤阳出了朱皇帝统一了中国，建立明朝，这种“砍面”流传于社会小摊贩，又经过多次改革，演变为现在的刀削面。

刀削面传统的操作方法是一手托面，一手拿刀，直接削到开水锅里，其要诀是：“刀不离面，面不离刀，胳膊直硬手端平，手眼一条线，一棱赶一棱，平刀是扁条，弯刀是三棱。”要说吃了刀削面是饱了口福，那么观看刀削面则是饱了眼福。那是怎样的情形？有顺口溜曰：“一叶落锅一叶飘，一叶离面又出刀，银鱼落水翻白浪，柳叶乘风下树梢。”

面食在山西按照制作工艺来讲，可分为蒸制面食、煮制面食、烹制面食三大类，有280种之多。如大拉面、刀拨面、拨鱼、剔尖、河捞、猫耳朵等，蒸、煎、烤、炒、烩、煨、炸、贴、摊、拌、蘸、烧等多种，名目繁多，全世界也只有山西的面可当作桌上席。

外地人来山西吃面，吃面后不想家。一天一顿面，一年不重样，面勾人焦心，离乡人有面滋养胃口，滋养日久艰辛的生活，天天能吃面差不多就要叫他们认山西做故乡了。人在世上啥东西可以叫自己背叛自己的故乡？胃口可以。世上的人都怕少吃一口，人在吃上是最自私的。山西人离乡，稍动一下心事，肠胃里的故乡就来了，想吃面想得紧，哪怕用掉浑身的力气也要去找一碗面吃，比追一个大姑娘还下作。老舍的《茶馆》里有个老太监说过一句话，借来当作我的话：瞧瞧这个丑样儿。

面是由花朵历经季候修成的正果，皆是雨露、日月凝结的养分。物竞天择，水到渠成，人们除了具有对面类饮食惯性，亦具备了对面的发现惯性，总应和着“民以食为天”的古训。春季烧卤面，夏季凉拌面，秋季肉炒面，冬季热烫面的四季吃法，吃得北方汉子人高马大，走南闯北，一碗面落肚，肚子撩起，一忽闪褂子，要强的面子就显出来了。面如我们的五千年文明，飘溢着一股文化香风，也让我们闻到了一股王者与平民日日里过日子的优雅和闲逸之气。

贾平凹曾说：“这面食把陕西人吃得胖乎乎的，尤其是关中人，都是盆盆脸，肉厚脖子粗。”面把秦国东向之势吃得一发不可收拾，那么，统一中国的伟业还能由谁来完成？只能由吃面的人来完成了！

有面吃，实在是有一份无可比拟的踏实啊。面恩养了人的筋骨，大地上才能感觉到清晰的甩臂声。想想看，出产麦子的地方，每人每天都要吃面。一碗面下肚天塌下来也不会慌神，还扬起头说：“再来一碗！”面是北方人的天，是把日子快过成光景了的、憋足了劲走在人前头去的精神。面是走长路的粮食，是把人安顿住了，以圆润姿态把持着每一颗或远或近的心，是诚实、稳当、知足、认死理和一好百好的德行根源，世上的山珍海味再好也抵不过实实在在的一碗面！

我妈说，吃了由面粉揉筋道的面，人才能长结实，才能长出硬面一样的肌筋，才敢向着离家很远的地方走。土地用它的出产养育着它上面的人，如果说吃是健康的肯定，那么，有面吃该是一生最好的渴念了。吃就是一种世俗呀，张家大爷海碗里的面拌了葱花的香气，那香气是什么呀？是心平气和翻闹出你对于旧时光阴的依恋。来山西看古建之外，最让你动心的怕是香透窗棂的那一碗面香吧！

原谅我对于其他食物的有限认识，我是一个只知吃面的人，因为面，我无法长时间奔赴异乡。

也只有吃过面的人才知道什么叫“一面百味的境界”！

神 鬼 春 秋

这世界大抵有了人，就有了护佑万物的神灵。敬畏神灵的日子里，我始终认为人是幸福的，也是艺术的。就像佛像和壁画，就艺术性来说，实在与我们熟悉的那些经典不相上下，就算是民间的，其所达到的辉煌高度似乎后人也永难企及。千百年来无名工匠多如繁星，在生活的各个角落，借助他们之手，河流两岸的岁月充满了暧昧的激情。

神灵的出现，是在人类智慧初开、最富有幻想、思维最简单直观的时期，也是人生存能力薄弱，面对来自自然难以克服的畏惧，依照好恶，用简单的因果推理想象出的结果。有了神为中心的故事便有了神的灵迹，接着便有了安放神的庙宇。这无疑让我们感受到了遥远的空间和同样遥远的时间里，有一双慧眼无时无刻不在规约着人的行为，满足着你所满足的未来。

沁河流过，有过多少神的存在？有过多少庙宇？

宋代的道教类书《云笈七签》里有一则关于白泽图的传说，书中讲述黄帝巡游全国时，在东海地方捕到一个奇妙的怪兽。怪兽能说人话，通晓万物，名叫白泽。黄帝从白泽口中得以详细了解天下妖怪神鬼之事。白泽说，鬼物和神怪都由远古的精气和徘徊在宇宙中的灵魂演变而来，有多少呢？有一万一千五百二十种。黄帝大为惊讶，随命臣下把白泽所言之鬼怪和神灵逐一描画成图，并昭告天下之人。我们的祖先黄帝是一个多么高明和不同凡响的人，从源头上为他管辖的氏族解决了人类存在以来难以解决的社会矛盾。

说河流，从来没听说沁河有过河神，只听说有水鬼。黄河有河伯。对于河伯有这样的描写：西海之上有一个人，乘着一匹朱鬣白马，穿着白衣，戴着黑帽，后面跟随着十二个小童，在西海水上奔跑，如风如雨，名叫河伯使者。他有时上岸，所到之处大雨滂沱。傍晚他便回到黄河。

黄河的河神随时都会有所作为，一个日子的某一刻为满足欲望，祭祀让所有的出行充满了骚动。襄公十八年（前 555），晋侯攻打齐国，将要渡过黄河时，大将军中行献子用红色的丝绳系着两块玉玦向河神祝告：河神啊，齐国国君依仗地形优势，靠着人员众多，违背盟誓，欺凌百姓，陪臣彪将要率领诸侯去讨伐，如果得胜有功，不带给河神羞耻，都是河神您的功劳。

河神有帮助战争取胜的力量，因而在冷兵器时代常充当誓言的证人。“以黄河之神为证”，河神助长了誓词的力量。

我问岸上的子民，沁河有河神吗？他们摇头说，从来没听说过有。那么旱呢？他们说，旱是龙王的事，抬出来晒。那么涝呢？他们说，涝是天不开眼。那么大旱和大涝一起来时？他们说，那是朝中出了奸臣。

一群多么耐受的伟大男女。

靠天吃饭的乡民，以天空为背景祭日，沁河两岸我也没有看到太阳神庙。他们祭天，村庄的任何一座寺庙都是他们许愿祭祀的场所。很小的时候，我见过一次日食，民间叫天狗吃太阳。大人孩子们取了自家的脸盆敲击，吆喝声四起，黑漆漆的天空下看那日头一扭一摆地走出来。那时候人们已经不烧香了，虽然仍存古代做法的遗风，只是惶恐程度低，并且知道天狗是吃不了日头的。古时候发生日食是要用九条牛来祭祀的，仪式中遇到日食，天子要减少膳食，不用音乐，而在朝中击鼓。沁河源头沁源和屯留的交界处有一座庙叫三嵕庙，庙里供奉着射九日的三嵕爷，也叫羿神。与史书不一样处是，羿是一个卖锅的小商贩，天上出十日时，他正好过屯留老爷山，天地焦黄一片，十日烤化了他的锅，他气愤不过用扁担做弓射下了九日。人类手中始终掌握着有力武器，人们为神灵进一步人格化创造了条件。现在的老爷山上立起许多庙宇，有佛有道还有孔庙，最原始的庙宇里敬奉的是佛祖，庙后有座塔，上党战役国共两党在此血战，有许多的弹孔留在上面，更多的时候它是红色文化教育基地。

明月当空照，其实对于月也没有专门的寺庙，祭月是在天地间。除了月亮在历法方面的贡献，对月亮的祭拜是有世俗情趣和团圆意味的。月光皎洁，缺而能圆，晦而重光，月亮上面的死海形成的阴影引起民间的种种猜想。古时候文人考举人的考试设在秋天，又称“秋闱”，正是中秋月圆时节，中举称为“蟾宫折桂”。古人在月圆之时拜月求中举，更多的时候是分吃状如圆月的月饼，和聚散常离的家人团圆。外出离家之人，不管多远的路程也要在中秋节时赶回家，就为了夜静时全家围聚在一起祭祀月亮，求得来年丰收也求得家人平安。

沁河的支流丹河边上有玉皇观，供祭星神，有参、辰、南斗、北斗、萤惑、太白、岁星、二十八宿等神。宋代造像，那位月神真叫我喜欢，栩栩生动的样子。我站在她面前，感觉从脚下升腾起一股旋流将我的灵魂带往星汉。有多少脚掌在她的面前停留过？她那毫不涉及时光的轻灵的衣纹流饰，悄然释放出无限光辉。原来的玉皇观香客如云，后来淡了。岁月给了它们特殊的照顾，在现代的明晰与幽古的暧昧之间，你会觉得寺庙是灵魂吐纳舒展的好去处。曾经的手艺用微贱的材料就可活泛得叫人心生幸福。

沁河岸边的村庄多供山神，多奶奶庙。大村小庄小凹，祭祀着大大小小的山神，供养着大大小小的奶奶庙。奶奶庙侍奉的是一位职责明确的神灵，担当着造福一方人丁兴盛的寄托。奶奶庙的香火比山神庙旺，虽然山神在乡民眼里几乎囊括了日常各种需求，但是，用他时一炷香，不用时常轻其为神。人心过度膨胀，处事的圆滑就出来了。“夫山者，万民之所瞻仰也。草木生焉，万物植焉，飞鸟集焉，走兽休焉，四方益取与焉。出云道风，嵷乎天地之间。天地以成，国家以宁。”其实，山岳的分量在古人心中是很重的。山神庙在村庄的山脚下，也有建在山洼的，相比世俗的寺庙，它简单到只用几块石头就可垒成。《汉唐地理书钞》辑《地镜图》记载古人对山神的祭祀：入山前必须先斋戒五十天，用白狗、白鸡和一升白盐作为祭品，来到山脚下要大呼“林林央央”——这是山神的名字，各种邪鬼听到山神的名字便会躲开。我印象中山神庙里只有牌位，不见有过塑像，后来听几位“过路客”（贼）说，安泽沿沁河有山神，尺许高，长得半人半兽样。一尊山神，20世纪90年代卖过两千元。传说日本的山神是位女神，喜欢男人，凡是男人走过大都会在一定的时间内有一阵子臆想。

小时候见过一次晒龙王。因天旱庄稼都焦了，龙王光裸着上身被抬出来。燃香，跪拜，敲锣打鼓，念催神咒。龙王长的龙头人身子，在太阳光下暴晒三天，三天不下雨，龙王回庙穿衣，仪式结束后龙王依旧是一尊泥胎。祭祀龙王的实用性很强，平时冷落小庙无甚供品，只有天旱要雨才风光一时，而且是恩威并用。不过端阳节时，民间并不知道有屈原这个人，只知端阳节是送瘟神的，有的地方端阳节这天要去拜龙王，是不是龙王霸占了所有水域，瘟疫只能是顺水而去？沁河两岸的龙王庙在清代以后就少了，龙都上了柱子，盘龙绕柱，或上了屋脊，所有庙宇的屋脊上都烧造了琉璃，让它们享受人们拜佛求神时的香烟，也保护了庙宇不受水灾。

土地庙也是小庙，庙虽小，供的却是一方大神。河北有一篇民间故事，说是山前山后各有土地庙，山前热闹山后冷清。山后土地来山前土地庙里抱怨，正好山前土地要出门会友，便委托山后土地代理几天，以便得些香火供品。山前土地前脚走便来一人祭祀，请土地刮一阵顺风，明天他要行船。接着又来一人，请土地明日千万不要刮风，他的梨树正在花期。没等土地决定又来一老头祭神求雨，他要种田。后又来一老太太，她要晒姜。山后土地实在是没有工作经验，急请山前土地回来定夺。山前土地告诉他：刮风顺河走，躲过梨树沟；黑夜把雨降，白天晒干姜。

天地间与人掰扯不开的神是在农家院子里的“天地疙窑子”，那里虽然敬奉的是天、地、人三界尊神之位，最主要的还是地神。万物有本源，没有辽阔的土地，人们便会失去生存的根基。我们的上古神话有盘古化生万物，盘古以肌肉化成田土，用血液滋润大地。后来又出现了后土。乡民们开工动土时先要献土，土为“后土”。后土是谁？共工氏有子曰勾龙，为后土。因为共工氏统治天下时，他的儿子能够平治九州的土地。后土有凭尊贵和功劳享受庙宇的资本。乡民院子里的“天地疙窑子”由专门工匠造就，大户人家大都在自己正房的门脸前，有一些在进大门处，有石雕和砖雕样式。拜祭地神与拜祭天神是对应的，天地合称为“皇天后土”。

作为司农神的后土神，常和土地的出产物——五谷的神合在一起祭祀。谷神最早祭祀的是“稷”。《风俗通义·祀典》引《孝经》曰：“稷者，五谷之长。五谷众多不可遍祭，故立稷而祭之。”在交通不便的方国之中，人们对农作物的需求是一致的。沁河两岸祭祀的谷神是炎帝。炎帝尝百草，识五谷，他在人类进入农业文明的过程中主要功绩是教民种植五谷。他的长相奇特，大多祭祀炎帝庙里的塑像为牛首人身。我国古代典籍里对牛给予极高的评价。“牛者，所以植谷者，民之命也。”牛直到现在，依然是农家一等一的好劳力。上党古城里有百谷山，山上塑了炎帝像，据当地官员说是亚洲最大的炎帝像。唯一的一座城中山，塑一尊炎帝像也不为过，毕竟人不出三代都是土里刨食的乡下人，敬自己的先祖有什么坏处！可那尊塑像我怎么看都像西方社会里的耶稣，更可恶的是山周围全部修建了别墅和高级会所，我最见不得的事就是人在庙前庙后发财。像任何寺庙都需要有寺庙环境一样，寺庙周围应该绿荫掩映。发财梦不是坏事，但美德一定是好事。

沁河岸边的大庙一般都是拜祭佛祖的庙宇。佛祖毕竟是外来佛，天下同一，由一座佛庙便可知天下庙宇形制。作为归宿在河水两岸的子民，他们除了拜佛，更多的是拜祭先师人杰。古代重文教，万般皆下品，唯有读书高，供子孙读书是天下父母的心愿，也是出人头地的唯一出路。汉武帝采纳董仲舒提出的“罢黜百家，独尊儒术”的建议后，儒学的正统地位被确立。孔庙在沁河岸边不一定是单一的一座庙，更多的时候是依附在佛教寺庙里和富贵人家聚集的村庄。富贵成为乡村梦想，唯一的通途——考学有可能实现这一梦想时，面对渺茫的未来，拜祭孔子几乎成了乡村最大可能的希望。一老一少奔向孔庙，在撒满落叶的小径上迈动他们祖孙希望的步子，幸福如同明早的太阳。“我的先师爷哎，护佑我的孙子学业有成吧！”老祖母尾音拖长，很像戏剧舞台上的道白。那长音一拖，所有跪拜者心里已经营造了一个自信满满的未来。

文孔子，武关羽。关羽在道教里称“关圣帝君”，民间简称“关帝”。宋徽宗封关羽为“忠惠公”，到民间简称“关公”。明朝万历四十二年（1613），皇帝加封关羽为“三界伏魔大帝神威远镇天尊关圣帝君”，才有了“帝王”的尊称。我们这个多标语、多口号的国家，很容易制造一些烦琐出来，也热衷于演绎烦琐。清代到咸丰年间，咸丰为了显示自己过人之胆略，前后四次加封关羽，关羽的封号已经长达二十二个字“护国保民精诚绥靖威显忠义神武灵佑仁勇关圣大帝”，紧接着同治、光绪又加了“翊赞”“宣德”，关羽封号长达二十六字，越来越绕口了。一个人成为神之前他是有血肉的，当他由人成为神之后，在众多青面獠牙的词语中，关羽完全就成了一个张牙舞爪、无所不能的恶棍。关羽的无所不能直接进入了店铺，更多的时候大户人家把关羽当成财神来供。这是商家自诩为“以义为利”“不取不义之财”的表示。

疾病使人痛苦丧命。沁河两岸的乡民对病原存在两种解释：首先是厉鬼作怪，活人做下了孽事；其次才是风热暑寒所致。曾经有许多庙宇供奉着神农、伏羲、黄帝，他们供奉三皇是希望他们做过的事被原谅，希望由祭祀而得到驱除病魔的功效。真正供奉历史上名医的反倒少，大多供奉的是眼光娘娘、疙瘩娘娘，也有药师佛，具体是哪位似乎也说不清楚，敬奉的药神地方性强，实用性强，名位多且杂，一般不占正殿。

倒是手艺人敬奉行业祖师的多，“百艺朝宗”“百作手艺供鲁班”，祭拜祖师是收徒弟的第一课。当有一天学艺到手了一定要怀有一颗恭敬心，用恭顺的话语，三叩九拜行出师礼，得到师父首肯才算出师。我见过土屋上梁时木工祭拜鲁班的仪式。木工师傅把斧头、墨斗、曲尺放在桌子上，五尺斜靠在桌子的前方，瓦工的瓦刀、挂尺放在右前方。一切准备就绪后，木工、瓦工和房子的主人净面，燃香点烛，恭请木工上梁。木工掌墨师傅走到桌前叩首恭请鲁班。所有工具挂红，燃香封梁，祭酒结束后上梁。上梁时女人都回避，民间传说女人的月事是不洁之物，女人在这个世界上是阴性动物，女人出现的地方将会有一个难以修复的创伤。上梁结束后，祭祀果品由主家撒向四方。

旧时的颜色就是由手艺人描绘的。我一直不相信有天堂，若有，在我的意念中，天堂该是旧时代的颜色。可惜社会的风情变迁，历史的风云变幻，无论旧时代如何显赫、繁华，尘埃落定后都将要成为过眼云烟。沁河是真实的，即使在今天的河道里仍然映现着昔日的热闹。河流两岸被遗弃的故事里都有风姿绰约的女人，或凄迷或暧昧，或勤劳或勇敢，她们与神相伴，半是缄默半是憨态，寻常的蒲团上，被光线和色彩相加。借助了低成本的民间本色，这些神和谐了两岸生灵。

还有一尊神，落地生根，凡声色场所、饮食之地，他总是昏暗在那里。他是灶神。灶神不如释迦牟尼佛。释迦牟尼永远丰润的脸上是永恒千年的安详而不易察觉的微笑，因为他背后靠着皇权。灶王苦寒，一年只吃一碗冷饭，腊月二十三骑一根谷草编的草马上天，清凉太虚之上他显得如此苦寒。灶神是谁？你看他，并非看不见，无非墙上一帖老年夫妇漫画，大部分时间因为人的心肠太硬，一直认为他们老两口不需要怜悯。有时候对神的理解很微妙，我一直认为灶神就是自己的一家之主——父亲母亲。一年劳作，年节所敬，敬完神也该敬敬自己了。一个人与他自己的距离够不够近？一个人与他自己的距离够不够远？敬奉我们自己，一碗冷粥筷子插得周正，距离就来了。人和人的对抗在这里变得清晰和残酷起来，所有活着的生命中，或许只有灶神最清楚生命最本质的改变，从埋锅造饭始人们总是懂得节俭，主灶的人冷锅冷饭一口，而灶膛里的柴火燃起来，无疑意味着日子过下去才有真正的狂欢。

乡村城市化的过程中最明显的一点是让我们丢弃了神，在世界文化巨变前，神们消失得让我们目瞪口呆。多么辽阔的大地和多么绵长的传统，才能孕育出这般诸多的神，他们如繁星散落在穷乡僻壤，默默地闪烁着性灵之光，贫困和苦难如影相随，神们却报答给敬奉他的人们温暖的未来。平实而有规约的追求下，神们给予人们深厚的历史情感和丰富的精神指向，当我们满足神灵摄取食物和显示威风的双重需要时，神灵对我们的制约是自觉的。春秋早期的随国贤大夫季梁说：“百姓是神灵的主人，圣王先团结百姓而后才致力于对神灵的祭祀。”当神鬼没有了主人，这个世界又能求得什么样的福气呢？

繁华深处的街巷

隐于历史建筑之间的小巷是幽寂的。

你可以忘记在村庄生活了多少年，但是，你忘不了小巷。小巷的魅力在于其切割了村庄的空间层次。灰黄墙壁夹出的一路青苔、漏出的一枝绿树，一举睫、一闭目之间是寂寞的，总觉得身后拖拽着明明灭灭的故事。你也不知道为什么会那样，所有都扎根在了记忆里，并将成为永不重复的往事。

如今的巷子只是排房之间的过道，像侏儒的腿一样短。

巷子是家宅之间的路，家宅是当时人们最重要的财产。大规模的宅院是有钱人彰显身份的方式，越有钱的人巷子越幽深。

村庄的过渡空间在完成高度变化的同时，也完成了使用功能与私密程度的过渡，更完成了院落生活与街巷生活的相互渗透。如果拿扬·盖尔《交往与空间》所论述的标准来评判，巷子是有活力的完美街巷。多少年之后我才知道，有钱人喜欢建造串院、三合院、四合院，所有的方向上有建筑围合，屋后通往别院的路就叫巷子。那些巷子大都是由各个院落退让形成的道路，随村庄生长而自然形成。巷子也是院落与院落之间的道路，有时候巷子里放一根长木头，许多人走过会知道这根木头是谁家的，长在什么地方，或引申到那家人更有意思的生活情景。孩子们会在那根木头上望着巷子口，看自家的大人是否会出现在那里。

旧时代的巷子在晚夕中常常拽着怕，有一种情景在身后，一滴水一束阳光全都在巷子的尽头。黄昏眼乱的时候，有人扛着一捆草走过，草擦着巷子的墙，孩子们便开始进入想象：有一个白衣女人，她的名字叫鬼。女鬼走过，裙裾擦着地面，人是听不到她的声音的，即使听到声音，也看不见她人影。就这样，黄昏的巷子是一段没有孩子敢走的路。有些传说都在王姓家族那棵老槐下开讲，月明在槐树的枝梢间，月明走开的时候，似乎身后的那条巷子永远都不再有人走过。

人喜欢在河流的避风处居住。河流不会留下人的脚印。多少年自然界万千气象都是河流生出的。记忆是孤独的。村庄将一个人带回从前，更多的时候是回到巷子里走动的图画。

天空蓝给巷子。

麻雀飞离树梢，墙头上两只猫望着叶片一样扬走的麻雀心怀难过，而它们爪子下的村庄的繁华是巷子连成的。那些自然街巷和非规划街巷是走向外部的道路，共同构成方格网式的道路系统，连接各个院落，在院落之间进行交通疏导。我说的都是在旧的时代，过去的时光。女人在旧时代都长一个模样，杨柳身材，薄嘴皮樱桃小口，杏核眼淡眉毛，一袭锦衣，走过巷子，一束青白色的光颤颤的，能挑逗出巷子的轮廓。过去的巷子是密闭的，是女人专用通道，她们可以在巷子里随意行走而不会受阻挠。巷子是女人的生活场所，你可以去交往，去拜神，巷子的长度是你满足的长度。巷子的自发性和控制性相互统一、融合的过程中有男人的规约。那些自发性都是先于控制性的。自发性大体是指在村落整体格局的形成过程中，道路不作为主体目标进行规划和建造。这种自发性的过程是明显区别于现代化规划过程的。控制性则指道路经过微观的调整，包括路面铺装、在修建房屋时有意识地与邻居房屋退让、房屋建成后为保证道路的使用做相应的调整和改造等。男人一直企图改变这个世界，他的改变从内部开始，因此，街巷最初都该叫宅内路。有如此规格的村庄大都出过富贵人家。富了贵了，最后告老还乡，一是要告慰自己的祖宗，再是要告慰乡党。人活着就该是来世上扬名的，人一生只是为了炫耀而活着。从古到今，有很多人前仆后继地探寻和追寻一种大同世界的乌托邦梦想，只是我更喜欢旧时光。

我在沁河岸边的上庄村看到一条水街，街门楼永宁闸上所题“钟秀”二字，是对水街最恰当的形容。水街的灵气源于自然的河流形态，水街的端庄来自两旁沧桑的历史建筑。当地有人喊它

“巷道”。水街的空间特质独特，从形态上看，称水街为“庄河”似乎更恰当。它的魅力源于再现了村民的真实生活。村民在水道里取水、洗涤，在平台上聊天、吃饭；大人们相互调侃，孩子们奔跑嬉戏。假如没有预设，这些活动似乎更适合发生在巷子里。建筑与街道之间存在一个过渡空间——巷子，同时为创造有生活气息的水街提供了物质环境主宰者——人。看到这些美好时，对于这个村庄，我是一个局外人，不管我自觉还是不自觉，它曾经的风情气韵已经进入了我的眼睛，激荡起了我的感官喜悦。我回想它的从前，那是一个有着诸多隐秘的从前。它的水流声里有一条条生命游动，性急的孩子们等不得伏天到来早已光溜溜地跳进了有水的巷道。岸上的女子，你的手臂白皙凝脂，你的脖颈如玉兰花开放。那些充满人间烟火气的大院，铺首开合之间一张生动的脸探出来冲着河道喊一声，要巷道里的小心瞧着，看鱼儿咬了你裤裆。雨天来临时，人坐在巷子的廊棚下听雨，猫啊狗啊的，一巷子蛙鸣声浮起来落下去，月升月沉，那些享受过这样好日子的人真是有福啦。

朝思暮想，是欲望把我们的日子翻得断了线了。

在村庄，人们没有街道的概念，除了巷子，就是山沟、河道。村落中大多数建筑沿河道修建，河道也成了村庄的轴线。水街是自然形成的，因此，它没有中国传统中轴线的形式，当然也不具备传统中轴线的意义。村民告诉我，1980年前，它虽有黄沙满河，清溪中流，很浅，还能叫水。20 世纪 80 年代末期彻底断流。眼下河道里堆满了建筑垃圾，那些建筑都是水泥材质。原来的宅内现在成了宅间，未规划街巷逐渐成为外部道路，拆了就拆了，谁也没有说不对。巷子内我看到成群结队的苍蝇，一只屋脊上的兽头跌落下来，它的眼睛鸾铃一样，呼吸似乎已经很困难了。

成长是一条无比艰辛和充满未知的道路，成长又总是充满愉悦，是有快乐会在明天发生的迫切心念。成长是要有代价的，同时，成长也对你宣布，就在此刻，生活和历史开始了并且结束了，你什么都没有觉得，连体验都谈不上。人在欲望、诱惑、无形的逼迫、生存原则和价值观的熏陶中慢慢变得功利化、现实化。然而，经过时间的沉淀酿就的洇了黄的旧时代，我们再也拽不回它曾经的绝代风华了。

风把手艺刮进了天堂

谁把打铁声摁在了文明喧嚣深处？

此时的雨覆盖了这个山村的各个部位，那个叫铁匠铺的地方，蛛网上粘着许多小虫子，我能想象出当年铺子里的热闹，所有的人都是顶着雨声到来的。

铁匠铺永远都是一个动词，动在雨声的浸淫之下。

它的持续时间是那么久。

红钢从烈火中钳置到铁砧上，锤起锤落，叮当磅礴，小锤点击，大锤紧跟。铁匠对于铁是一场浩劫般的惊扰。

铁匠铺的热闹为什么总是在雨天里？当然，更多的热闹是在冬天。真正的冬天开始了，北风呜呜吹过，一路卷起干枯的树叶和草根。农人看在眼里的活计都拾掇完了，那么收拾好残缺的农具，沿着蜿蜒曲折的路走进铁匠铺。一个长长的冬季，锄头、镢头、铁锹、镰刀，日出或日落的声音，对于听觉敏锐的农人，大锤小锤的声音都是奢望，都是天籁，都是比时间要重要得多的来年春暖河开。

猎人走进了铁匠铺，他是来漏铁砂的。我曾看到过一只狼的腹部。一杆猎枪冲着它直射过去，视野里没有遮挡，那只狼打了个滚抽搐着，它被猎人提回到村庄，它的胸腔开满了紫色的小花。那只狼的死亡对我是一种神秘的极致，它活着时曾绕道来到村庄，学着小孩的哭声，声东击西叼走了一头母猪。

轧钢淬火，好铁匠的声名是一把镢头能刨几亩地。钢水好能出活。农人说：好地废农具，好汉废老婆。

铁匠的另一活计是给马蹄钉蹄铁，冬用的蹄铁要打出三个防滑蹄爪，夏季蹄铁是平薄的。牵马人站在铁匠铺门前，铁匠揽住马腿，削平蹄底的老皮。铁匠和马腿，在我看来应是臻于禅境的，无悲无喜，无怨无怒，对造化万物心存感念，并与万物同一同在。只见那铁匠把一排铁钉含在口中，肩膀顶紧马后胸，抱紧弯曲朝上的马腿，把蹄铁合紧马蹄，钉子穿入蹄铁的孔眼，那一片唾沫湿，随蹄铁直接钉入马蹄深处。铁匠此时有可能抬头看一下远处，廓外斜依的青山，风姿万千的杨柳，时光无时不在，无处不存，目无所视，手有所触，寸寸光阴，都只在盈手之间。那双手，就那么优雅而琐碎地生动着。

铁匠是农耕文明的先驱，也是土地本身的选择。

那是一个打铁的镇子，每年的农历九月十三，一年一度的庙会开始，铁匠们聚集在集市上，搭起炉灶，燃起炭火，拉起风箱，将烧红的铁块放在砧子上，抡起铁锤，甩开臂膀，叮叮当当，各自施展自身的绝艺，吸引四面八方的商人前来交易。空气里弥漫着烧红的铁锈味，这气味又随着热风浸入一切开放的空间。热浪紧似一阵，像潮汐，奔来涌去。镇子上因为交易铁货，所有的木门、木窗户都钉了密密麻麻的铁钉。嘎吱作响的铁门用劲推开时，门头上挂着南瓜大一个铁铃铛，如现代人的门铃。人勤的时候，铁铃铛像一树花，开得肆无忌惮，随风微颤，这家的热闹仿佛要挥霍尽铁匠最后的元气。

铁门上的铺首给岁月古拙沧桑之感，门环轻叩，从门楼上倒挂下来的雨滴，一只素手，到底是撩人的，悬如雨，和铁的内部有着脉络牵系。人生故事都是轻叩中寻来。是的，过去，无论是帝王将相的皇宫宅邸，还是平民百姓的小家小院，一般都要有一座院门，两扇街门中央门缝两侧、在一人来高的地方都装有一个类似门把手的物件，可以是门环，也可以是菱形的门坠，而衔着门环或吊着门坠固定镶扣在大门上的底座称为铺首，又叫门铺。铺首是大门上不可或缺的重要组成部件。

龙生九子不成龙，各有所好。铺首由龙子演变而来。世上本无龙，龙的神话由人创作，编造龙神话的枝枝蔓蔓，于是有“鲤鱼跳”，有“生九子”。关于铺首，兽首衔环，作为龙的九子之一，其“形似螺蛳，性好闭，故立于门上”，由商周时人模仿螺蛳，到“形似螺蛳”的椒图，形式未变，变化的只是源出。螺为水族类，归于龙的家族应该说是顺理成章的事。椒图，包含在形式里的内容，即所谓“性好闭”，以螺之闭，来强调门之闭。“守御”慎闭塞，闭藏周密，铺首以一种精神在朱漆的、黑漆的门扇上展示了几千年，它透露着属于中华门文化精髓的东西，由铁匠铺锻打出形。

铺首造型之精美，以庙宇皇宫大门所饰用者为华贵。华贵的铺首呈合圆形，兽首下面，分上下两层，上层形若衔环，饰以飞龙戏珠图案，叫作“仰月千年锅”，只具装饰功能，而无门环功用。这一层之下，有飞龙饰纹衬托“仰月千年锅”铺首在朱漆宫门上，同金色门钉相互映衬，显示出皇家建筑的帝王气派。铺首别名金铺、金兽。汉代司马相如《长门赋》中有“挤玉户以撼金铺兮，声噌吰而似钟音”，描写叩响门环的情形，强调玉户金铺的视觉效果和金属碰撞的听觉效果。皇家流落到民间的东西少，尤其是金子做的，如果不是含了足量的铜，那响声能出得来出不来还是两说。我喜欢民间的铁铺首，轻叩门环的响在夜静的时候是压得住黑暗的，可以使走向村子的东西远远停住，也可以让它们悄无声息地融进墙影尘土里不再出现。

谁呀？

我呀！听不出来？

声音是话语的影子，走近时隔着门缝就能辨出是谁家来人。

与兽面铺首相类的，是门钹。门钹状似钹，周边通常取圆形、六边形、八角形，中部隆起如球面，上带钮头圈子。变通民宅门上的这种门钹，样式成法，却不乏装饰美，有的还带着吉祥符号，如外滑圈以如意纹，或镂出蝙蝠的图形。在民间，更多的是铁匠铺里的手艺，也只有铺首可以抬高铁匠的文化素养。

我们的党旗图案有镰刀锤头，这同民间工艺关联，作为一个物件，它完成了符号代表阶级的过程。我还记得收割谷子。有一个谜语说：河南上来个逗打逗（意思两个谷穗弯腰逗趣），脊背朝前肚朝后。谜底是谷子。春天的谷子到秋天黄灿灿的，在北方的泥土上，谷子、玉米、大豆、高粱、麦子，全都要靠镰刀来收割。我还记得五月端阳我娘领我去一个叫雨井山的高处用镰刀割艾，端阳节家家门前的铺首上插艾，辟五毒。艾药香的端阳节，在我精神的午后让我欢愉、心安、美好。若干年前铁匠送我一只他锻打的锤子，锤形像一只豆包，我喜欢它敦厚温良的样子。不知为什么，我一直不喜欢钢钉，手工的铁必定不守规矩，可它们适合挂厨房的用具，时间越久它们越是黑得像天空下的夜色。坐在院子里的阳光下用手中的铁锤砸核桃，像人脑一样的核桃仁引来很多活跃的蜜蜂，它们依附在核桃仁上面，阳光照着它们，我不像一个经历风浪的人，我看着它们笑，在它们面前我如此卑微。

我在夜空下看到过最壮丽的铁花。化开的铁水由匠人拍打进夜空，那是堪与秋日丰收无垠的繁华相媲美的一种壮观，一种极为廓大的气象，看的人和被看的人嘴都咧开很大，铁花承载了某种希冀，映着他们的笑脸，光彩夺目。

我喜欢铁匠，喜欢铁匠铺子里的雨声。大锤小锤的击打声，仿佛天地间万物生出无数的口子，它们从隐处进入显处，我看到铁匠手中的铁精巧灵活，它们构成了人生凡世，让我看到了人间奇迹。铁匠，铁匠铺子，我一想到它，手心就有了热气。

也许，我把铁匠铺子想得过于富有了，只想用文字的方式去理解它们，但是，毕竟是一个远去了的把文明活在骨子里的年代。如今的村子里再没有铁匠铺子里打铁的声音，没有了铁匠铺子，似乎整个村子里都没有了声音。铁铺首都锈烂了，铁钉子换成了膨胀螺栓，五毛一斤的旧门板买了用来烧木炭。我们丧失了许多，恰恰可能是有关生命最高秘密的隐喻和福音。我不能知，在衰败中，我唯一不想放弃的是想入非非。

水在水之外活着

一

大自然由无数个生命构成，河流是一条有生命的历史。

在我的故乡，沁河是仅次于汾河的第二大河流，民间有小黄河之称。它从远古就以深切的母爱和血脉之乳滋养、丰润了两岸，人们在河岸上扎下根基建起了村庄，开垦出田地，河流孕育了两岸文明，它终让时间在边界内尽情闪现出灿烂之光。

沁河，即沁水，古称少水、洎水，是黄河的一级支流，发源于山西省沁源县，干流流经山西省的沁源、安泽、沁水、阳城、晋城等县市，于河南省济源市五龙口出太行山峡谷进入平原，流经河南济源市、沁阳市、博爱县、温县，至武陟县方陵村汇入黄河。全长 485 公里，落差 1844 米，流域面积 13532 平方公里。我于 2011 年 10 月开始沿着它的源头循着它走，走近它曾经流过的村庄。我看到繁华露出瘦削刚硬的筋骨，素净的沁河与壮阔的秋风无限扩大了村庄两岸衰落后的萧瑟，我不能够欢喜。一座村庄，一代人的驿站，路上尘土飞扬，扑打人的脸，水成为村庄的终结，也丰沛了万物。然而，随着经济建设的飞速发展，人口增多，一方面，沁河两岸的土地日趋紧张，另一方面，由于人为设障、缩窄河流、开采煤矿，一条河流，在孤独和将要面对的绝望下虽爱得执着，然，不得不面对它最后的宿命——死亡。

我在想，我是否要追随一条河流流浪下去，在白与黑的交接中，做一个简单的人，爱，或者走，在岸上打坐，在河道放牧？做一个河岸初始的人，等月亮落入我的怀中。

我明白我已经不能，城市的文明无奈地挂在我的脸上，苍白，没有红润的血色，我的脸和我的思想一样，爱并尴尬着。

水是生命和文明的源头，所有文明都有一条滋养自己的河流。比如恒河、尼罗河和幼发拉底河，它们是印度、埃及和古巴比伦的母亲河，黄河也一样，是中华文明的摇篮。比起四大文明起源的其他河流来讲，黄河的性格是乖戾的，放荡不羁，在哺育文明传播文明的同时，又给我们至少带来了五千年的灾难。《中国大历史》中说，两千五百多年的时间里，黄河曾经溃决了一千九百五十多次，大小改道二十六次之多。有作家用文字告诉我们：

“黄河，平均三年就会发生两次决口，一百年里就有一次大的改道。”

择水而居，人类从诞生那天起面对河流就面对了灾难。

黄河，是从白云缥缈的巴颜喀拉山下来的，由西而往东。昔日曾把新疆南部塔里木盆地中的葱岭北河和葱岭南河当作黄河的源流，一直到了清高宗派阿弥达到青海实地调查，始知黄河实导源于噶达素齐老峰之下。蒙古语——噶达素——北极星——水作金色，把黄河的水抬到了文字的最高处。

那么沁河呢？黄河下游的一级支流，北倚太行，东临太岳，南屏中条，西接晋南，当潞（长治）泽（晋城）之门户，扼平（临汾）蒲（运城）之咽喉。《左传·襄公二十三年》载："齐侯遂伐晋，取朝歌。为二队，入孟门，登大行。张武军于荧庭，戍郫邵，封少水。"少水即沁河，当指沁水县端氏附近河段。《水经注》记载："沁水即涅水也，或言出谷远县羊头山世靡谷，三源奇注，径泻一隍。又南会三水，历落出左右近溪，参差翼注之也。"这条山西的第二大河流，从山西沁源县的二郎神沟发出如歌的欢音，让彼岸人相观此岸世界，它是佛，一路走来，宁静心绪，洗涤尘埃，广布和谐姻缘，在青翠广阔的田野沃土上、于云雾山谷间远去。

历史上几次大的人口流动多由天灾或政局不稳造成，而流入沁河两岸的灾民和流民，他们带来自己的手艺，他们用自己的手艺繁华了沁河。沁河，上苍这份得天独厚的礼物，它用朴素的胸怀接纳了他们，它承载了纯正的华夏文明。

"清泉百丈化为土"，在岁月节令中成长的一代一代人，不管他们的先祖来自何地，从沁河走出，他们都是喝沁河水长大的人，对养育自己的河流，似乎已是身外无扰，碧水在胸。

拥有一条河流出生的人，是活在世上最幸福的人。

我庆幸我喝沁河水长大，沁河给了我聆听天籁的声音。

在纷乱的人世间，我已经远离沁河了吗？越走越远，已经没有回头的迹象了吗？这不是我有意识所为。你看我有多么的虚伪。我曾经努力试图让自己回到故乡不再离去，回到我的小炉台前去闻那小米捞饭的清香。然而，这一切都只是一种表象。头顶的燕子依然在飞，晚夕的阳光落卧在河岸上，我已经不是当年那个穿枣红格格粗布衣裳的女孩。我曾经想在这条河流的两岸找到我的爱人，纷乱的时空和爱一声不响逃亡。经历带着某种诡异的色彩，当我们彼此放弃了可能美丽的老年故事，我明白，生活不过是一场往昔的寓言。

河水流逝中诗人说，“我达达的马蹄是美丽的错误 / 我不是归人，是个过客”。我走，树给我阴凉，给我欢喜，给我万花盛开。

路上尘土飞扬，当我走近河流的时候，清浅的水晃动出我的倒影，岸上连片的玉米、高粱、大豆、棉花，旖旎灿烂，只有一条河和它流动的河岸才具备我爱人的特质。

沁河，它给人间永远的恩惠，它接纳所有走向它的子民，它给它的人民秋日灿烂的金黄。我沿着它的河岸走，河水若即若离。我已经找不到黄土的道路，只有黄土的道路上，牛粪才能蒙上一层粉白的细尘。我一生有所悔恨，是未来让我离开我的村庄，离开我故乡那张古旧、粗糙、安静、纯朴、沧桑的脸，离开养育我的河流。我的生命已永不能返回初衷，夕阳驮走了我，我曾经那样熟悉我的故乡。我是一个在外乡长成的女人，我的沁河澄静如梦，我时刻眷念它，我对它永怀感恩：父母给了我健康的生命，沁河给了我健全的心智。

沁河，我一路沿着河道走来，与旷野的寂静一样，我祈祷河水长流，希望上苍让我听到弦响般的风声和水声、燕声和人声。我走过春暖花开，走过内心的依恋和不舍，我看到一只乌鸦的黑翅，在一块棉花田里张开在另一块麦田里收拢，它望着虬枝苍劲的老树，叫着，把河流推向远方，推向野花次第开放的远方，推向炊烟飘荡千万年后消散的远方。

我走沁河，我明白河流是需要怜悯的。

同时我想说，流域文化是一种最富情感的区域文化，地理与人文相互激荡，沁河最终形成充满地域特色的文明。然而，谁又能看清文明的底牌呢？我只知道，沁河的河道像瓦一样粗粝，我敬畏曾经在河岸活着的朝气和欲望。我怀念，源自一种骨子里的自卑，我有多自卑我就有多孤傲，我，只走我的母亲河……

二

一条宽阔的谷地间，曾经有一条河流过，如今一群羊恰似河的洪峰滚出山间，向远处四散而去。这生殖的土地，鲜花盛开，青草繁茂，正是羊们的口福。一切都是晴朗的光照，数丈宽的河道蜿蜒。在下游一位年长的老汉说：“往山里走是它的源头，公家人叫它沁河源。走到我的脸前头我们喊它秋水河，因为当年秋天雨水多它的声音大便有了这个外名。”

古人誉之为“沁水秋声”。

有诗曰：

滔滔沁河不停留，一色同天节到秋。
银汉高连云漠漠，金风暗转韵悠悠。
一帆风顺千波助，万簌含虚两岸幽。
浪及中州勤灌溉，但叫邻省屡丰收。

沁河，南北贯穿晋东南。我们立足的这个县就叫沁源。

沁源，因三晋名水——沁河六出其源（官滩乡活凤村、景凤乡西沟、白狐窑马泉村、赤石桥乡涧崖底村、聪子峪乡水峪村、王陶乡河底村）于山中而得名。东部有连接屯留的老爷山与沁县交界，南部有雕巢岭和罗云山与安泽、屯留相连，北部有谒戾山（又名羊头山）分界平遥，西部有绵山、石膏山、灵空山、霍山相交于介休、灵石、霍州，四面高山的中部云盖山、黄土岭、天池山、青龙山耸立。山间沁河的六个源头清泉喷涌，碧水成溪，汇成了绿水沁河。除了沁河的六个源头，沁源境内还有青龙河、狼尾河等分别汇入沁河，一路走来大放光明。

它魅惑了天地两界，更主要的是魅惑了我。

往里走，树上开着白色的花朵，望远处，繁华无比。繁华之上，绿色之上，我无法判断那是什么样的香味，我只知道它洗净了我的心肺，像是要焕发一个新的我。我知道，每一个人的出生地都会有一条河流走过，每一条河流都用乳汁喂养了它两岸的子民。我知道，河谷两岸简单的炊烟有对于日月认命的担当。视宿命为必然的乡亲啊，你们知否，一条河养育了你们子孙万千福分？

看天空，把花魂揉进去的云朵给我神秘，给我引领。

车开入河道，河卵石高低起伏着，有青草填补了它们的缝隙，黄绿交织，有繁荣，有寂灭，也有疼痛。放羊人左腋挟一羊铲，右手舞动长鞭，那一声划响阔开了河道，他在羊群中舞动，仿佛在半空浮游，悠闲、自在。河谷两岸没有人烟，云朵让天空无限扩大，空了的村庄让我六神归位。

这样的时候，因了空气的绝对新鲜和纯净，声音的穿透力也特别强。不知名的小鸟啁啾声声，在空旷中游走，那啁啾声便遥远了一切，透明了一切。我们奔跑而去，让景色生动起来。一条土路被水漫过，形成水路。人走在水路上，密匝匝两行杨树形成绿色拱道，在一个马蹄形的缺口前水流分开到两边山脚下，“源”至此而出。

泉水清澈，冰凉清甜，东边泉眼水流湍急，西边泉眼水流平缓，两股泉水流出数十米后汇成一股，顺河谷而渗入地下。我俯身就地一气喝了数口，一阵剧烈的清澈刺进骨髓，我体会了水如何奔流，在我的躯体内，它将在我的胃囊壁上生成露珠，水让我的身体实践着自然法则。我活过了多少年？少年、青春，我何时学会过俯视脚下的这片土地？而我生命的少年时期，我和小伙伴们望着天空中飞越村庄上空的飞机，大鸟的翅膀下，惊喜、尖叫声中，一首儿歌让我满含热泪。“小闺女，快快长，长大嫁给洋队长，穿皮鞋，披大氅，坐上飞机嘟嘟响！”文明，洋溢着天生逼人的高贵。活到现在，我相信，我历尽往生。活到现在，我活在了电子时代。为什么所有的事情一定要等到后来？我尽量不愤世不嫉俗，然而，我明白最简捷的办法是让我死去，很绝望，我已经喜欢上了这样的清澈！

我抬起头来，山崖壁上有大小不一的洞，能感觉到在远古那些洞都有水出，水流分散、涡流丛生该是怎样的景致！浅浅的一汪自山间流出，我把手伸进去，它深不到我的胳膊肘。水流出泉眼，漫铺开来形成小河，水面刚能把我平放的巴掌淹住。走过河对岸，鞋面不小心会被水打湿，也许是故意的，此时的我居然对水生出了敬畏之情。水面上因了阳光的感光不同，看上去呈颗粒状，别有一番模样。对岸有碑亭，新修却已经残破，是山西省人民政府在此设立下的“沁河源头纪念碑”。

山崖上的那一朵黄花陡然间湿润了我的眼睛。它原来并不就是这个样子，如今，羊群代替了河道里流淌的植物，开有五个花瓣的黄花自在地生动着，羊群走来，放羊人撒了细盐，我听见羊舌头抹布一样擦着石板，像一支曲子在低声部回旋。放羊人再一次挥动起皮鞭，鞭梢带着响，羊群聚集在一起，那一只头羊昂着头，相比于那些勾着头吃草的羊，那只头羊抬高了我的视野。源头在我身后一百米远的地方就已经看不到水了。我坐下来，粪蛋蛋落在草丛间，索性躺下，我的情绪复杂。源头的河床这么宽，那是常年流水落下的影子，我现在只能用幻觉来填补它的空缺。不是吗？这个世界仿佛失去了用心灵与眼睛观察的习惯，快乐是持久的，痛苦则是一刹那，而人都喜欢像飞蛾扑火为眼前的利益狂欢而死。

明代诗人王徽有诗云："沁水河边古渡口，往来不断送行舟。"在沁河两岸的冲积平地和原有台地上，由于沁河总体水量的减少和沁河水被过度地开发利用，昔日汹涌的河水变成了今天的涓涓细流，日常流量从过去的每秒几百立方米下降到几立方米。放羊人说："也就几年光景，什么都没有了。"一种贴近泥土说话的口气。我看到台地上的秋庄稼卷曲着叶子，阳光炽烤着它们，一个旋风旋过来，没有旋走，头与尾咬在一起，越旋越大。河道里什么都没有，连它想卷起的土尘都没有，它孤独得只能同自己的影子搏击。水比去年小了，旱比去年大了。

旋风过去，放羊人说："看是河的源头，却使唤不上水。"一条河的旺衰总有一定的规律可寻，资源争夺可以爆发最激烈的战争，谁都知道，对资源无节制的开采，其结果是人类集体犯罪。当一座城市变为一片废墟，一座最为繁华的都会变成一片草场，一条河流的走失让这个世界上众生的命运堪忧。历史遗留下来一句成语“沧海桑田”，人类有过多少次沧海桑田犬齿交错的格局？变化，只是多维世界一个很简单的动作，我们对于身边事物最兴奋的事情，依然是挖掘。走啊走啊，汲取什么才能够让水苗壮成长？人们说，爱是让时间暂停的唯一方式，爱能留住时间下一些特定瞬间，但爱是否能长久永留？我看到薄淡轻疏的云彩，正俯视数十万烟灶的生命，并不是太久的岁月。放羊人说：“河道里的水再都不敢喊河了。”那些植物和人一样喜欢喝清水，黄花遍开，如经脉一样的腰肢风姿绰约在阳光下。放羊人铲起石头扔向头羊，羊们奋力撒开蹄脚顺着河道走往山外，放羊人的鞭声坚硬而空旷。

谁能知道眼泪是生命最后一抿唾液！

我走沁河，水在水之外活着，却是我心里的急事。

我不是过客，我是归人

我去西文兴村，西文兴村人都姓柳。十年前就去过一次，还看到过保存至今的《祠堂仪式记》等各种碑刻，知道明清两代的西文兴村是严格按照传统的儒家文化修建的宗族社会的典范，儒家道德礼仪所规定的神庙社坛宗祠牌坊等一应俱全。西文兴村，宗族昭穆排列有序，走进去便知正庶亲嫡辈分伯仲。

西文兴村现如今吆喝“柳氏民居”，说是柳宗元的后人，沾了名人的光可以把旅游文化做大。早些年我来时，西文兴村有些破烂，但已经看到了高台上堆放的木头，说是要修旧如旧，开发旅游。将来的西文兴村究竟要成个什么样子？当时我的情绪波动得厉害。我对乡村古建筑的感情就像对初恋情人一样。那时候城市已经开始拆建了，我一直没有怎么难过，也许是因为我不喜欢城市。当时我在西文兴村用胶片的傻瓜相机拍照，有些景收不进来，稍稍拉远一些成像的照片全都模糊不清。我在西文兴村干净的街道上来来回回找那种破旧，却发现全都是破旧。沿街道两边有坐着小板凳的居民，他们温暖地甚至想迎合什么地看着我们。在他们的身后，我依稀看见他们的家，黑黝黝的，一堆乱七八糟的家什。浓烈的烟火味从那些屋子里蹿出来，让我感觉到了亲切。西文兴村一改造他们就要离开西文兴村了。他们对离开或留下的态度显得那么温暾和迷茫，我想，如果是我就不离开。

西文兴村的柳氏民居，民间有说法是唐代柳宗元之后避难迁居于此。柳宗元是谁？是唐代古文运动的倡导者和旗手，是唐宋散文和唐代韩柳诗派的重要代表，但柳宗元肯定没有来过西文兴村。是柳姓人家的西文兴村，一定不是柳宗元后人的西文兴村。我这样说也是从史料中掏挖出来的。历史记载柳宗元是河东人，世称柳河东。西文兴村的柳氏一族也是从河东迁来的，在地缘上有些瓜葛，就一定认为他们是柳宗元之后是不对的。西文兴柳氏应当是这样：唐末东迁翼城，明代永乐年再从翼城迁至沁水，先后有过两次迁徙。唐朝末年，正是藩镇割据、黄巢起义、五代纷起、军阀混战之时，而河东是主要战场，活不下去的柳氏人家投奔四方。再来看柳宗元家族，虽是河东柳，约自柳宗元八世祖始，世代都在唐长安做官，遂占籍长安万年，柳宗元遂为长安万年人。过去的人和现在不一样，现在人常说一句话——“天下何处不故乡”，古人观念难移，千里扶灵，老死回乡，“鸟飞反故乡兮，狐死必首丘”。柳宗元出生于长安万年，他死在柳州归葬在长安万年祖茔。柳宗元一生起起落落，悲欢离合下却总是不忘写诗。诗是什么？是怀有一颗敏感的心。柳宗元在他走过的地方常留下他的诗文。他的诗文写过长安也写过万年，写过永州也写过柳州，却不见写过河东及中条山。河东与中条山在他心目中怕是早已淡化了，或者本来就是淡化的。

柳宗元的一生一贬再贬，从邵州到永州到柳州，没有看见他有起死回生的迹象。好歹他拥有了许多可能的生活，不是以一个历史的懦夫掩埋在长安万年的祖茔里，而是依然被现代社会借用着声名的历史文化名人。

我读刘禹锡的《唐故柳州刺史柳君集》，读到柳宗元临死前曾遗书刘禹锡，将自己一生倾尽心血写就的文稿委托他整理的那几个字："我不幸，卒以谪死，以遗草累故人。"我想柳宗元定是涕泗满衣裳的呀。柳宗元真应该感激刘禹锡，一个给他后世带来盛名的人，并且帮助我修正了对人的看法：原来古人的情分一直都比今人重。而我现在看到听到的多是一些借势的人，翻脸不认账常有，一脸的笑，一肚的坏水。

我对西文兴村的期待不是对柳宗元后人的期待，任何人的后人都没有值得去深究的意义。我对西文兴村最感兴趣的是历史中存在过的家族生活的必然样式，那样的存在样式不可能有后来了。一个生机勃勃的宗族社会，虽然被后来者瓦解了，但依然喂养了我的民族自豪感，曾经我们过得有多么好呀，哪像现在，似乎一切现代的东西都归于西方了，一切中国的东西都归于过去了。

明朝是历史上大规模移民的时代。朱元璋建立明朝时，曾与元长期打仗，打仗是要死人的，人到死时会在乎什么？什么都不在乎了，社会经济必然要在不在乎中受到极大的破坏。城邑空虚无人，土地大片荒芜。明代的沁水境内地广人稀，极需要外来移民开发。山西人原本就有故土难移的观念，只能就近迁入，一些大户人家开始由战乱频发之地迁往安乐之乡。明朝初年有许多家族顺着河流迁来沁水，他们在沁水广置田产，他们的到来不仅促进社会经济发展，也促进社会文化发展，外来家族对沁水的贡献一直持续到现在。时间到底也没有让一切躁动和激奋归于平坦，我们依旧还在吃大户人家的这盘菜。

一个家族在一块公共的土地上建立起了自己的繁盛。我们来看看这个原来有十三院屋子的家族社会，曾经有过文庙、关帝庙、真武庙、文昌阁、魁星阁和柳氏祠堂，儒家礼仪所规定的神庙社坛在这里全有。我突然想到，古代并不是一个法治社会，但是宗族社会家族庙宇的存在活生生地发挥了伦理作用。管理这样大的一个家族该要有多么勤奋。《柳氏宗支图记》载，明永乐年间迁入沁水西文兴村时，柳氏“起初则一人也，以一人之身，而甲者四，户则十”，历六世，柳氏已经兴盛，繁衍为四支十户。以西文兴为宗脉，明清两代西文兴周边河沟里存活的都是姓柳之人。

富不为贵。贵是什么？是声名。千百年来步入仕途跻身庙廊，能够生活在翻云覆雨的环境中才叫贵。不是皇亲贵胄，怎么能够一步青云？

不过以光绪《沁水县志·选举》为据，不论官职，仅谈科举，沁水明清两代共有举人一百三十八人，西文兴柳氏有六位举人，其中明代成化十六年（1480）庚子科一人，明代嘉靖二十五年（1546）丙午科一人。前一位不说，后一位柳遇春中举后，曾九次参加会试皆名落孙山。明清科举考试规定：参加乡试考取举人，举人参加会试考取贡士，贡士参加殿试考取进士，进士中的前三名分别为状元、榜眼、探花。进士是科举考试最高科名，人们常说的“金榜题名”即指进士及第。柳遇春共费去时光二十七年，再回乡时依然是鱼望龙门。

读书真是一件辛苦的事，不说少小读私塾，二十七年，硬是把一个青皮后生弄得老态龙钟。负载苦难的重压，展现美好的愿望，古人和今人一样地难！

我来西文兴村已经是傍晚，傍晚的晚霞还在。我发觉西文兴村的河道里已经修起了门楼。西文兴村的河道里很冷清，村庄里的人都迁走了，偌大的一个西文兴村显得空空荡荡。我趁着晚霞往前走，突然想不起来以前来西文兴村看到的模样了，街道的石板路似乎过去就有，又似乎是后来铺就的。我在司马第廊檐下坐了半天，努力想把丢失了的记忆找回来。看到北房的瓦坡上有两只鸽子在卿卿我我。鸽子的背景是天空，天空的云朵上照着晚霞。

所有的一切都在尽可能为我展示一个与世隔绝的西文兴村。

这个时候热闹来了。几个时尚的人由一个导游领着，讲柳遇春做官清廉，是一个可以把个人道德扩大到公共道德的人，讲柳遇春是一个讲义讲情分的人，还讲到了冯梦龙《杜十娘怒沉百宝箱》里的柳遇春。我以一种姿态在听，心思却不知窜到哪里去了。瓦坡上的那一对鸽子自顾自地，两张小嘴，听不清是在说话，看不清是在亲嘴。我与这样的环境很搭调，只有晚霞，没有耀目的光辉，只有雕刻淳朴的木窗，没有水泥。我抬起头来看高处，导游的声音越过我的头顶，借用名人典故来娱乐游人，尽可能叫他们满意而归。

现在有多少游人是真去看古老的文化？旅游不单单是附庸风雅的事，对于大多数游人来说，每年出去一趟似乎只是一种时尚。而在文明未遂的西文兴村，大家的眼神都很散漫，风一样进来出去，生命的过去和未来与他们却从不会彼此过问。他们哈哈大笑着说：“过去的人住这样的地方，黑咕隆咚有什么好！”

过去被传统意识束缚着，现在被文明意识引领着，通过追求时髦来提升生活，有多少人知道古旧的东西总是比近前的东西更时髦！

古人讲一命二运三风水，四积阴德五读书，西文兴村因为附加了手艺，所以包容了天下大美。

一时又想到明代万历年间冯梦龙“三言”中的《杜十娘怒沉

百宝箱》，那个叫柳遇春的人，不是此柳遇春。

《杜十娘怒沉百宝箱》之本事，最早见载于明代万历河南开封人宋幼清的《负情侬传》。杜十娘投江是万历年间轰动一时的社会事件。柳遇春在整个故事中共出现过四次：一是李甲穷困潦倒借钱无果，“今日就无处投宿，只得往同乡柳监生寓所借歇”。二是杜十娘情由心生赠李甲一半银两，柳遇春闻知，见杜十娘真情，便帮李甲凑足银两，并鼓励李甲爱这个女人没错。三是杜十娘随李甲离开妓院，无处安身，“暂住柳监生寓所，整顿行装”，准备返回老家绍兴。四是杜十娘投江瓜州渡后，“柳遇春在京坐监完满，束装回乡，停瓜州渡”，梦中巧遇十娘来会，深为爱情故事没有好的结局而痛惜。

我们来看沁水西文兴村的柳遇春，他于嘉靖二十五年丙午（1546）中举人，共九次赴京会试金榜无名，不得不于隆庆五年辛未（1571）以举人资格赴吏部铨选，任陕西巩昌（今甘肃陇西）通判，又迁陕西同州（今陕西大荔）知州，在万历八年庚辰（1580）前后致仕还乡，约五十八岁。十多年后的万历二十四年丙申（1596），柳遇春死于西文兴家中，这时候北京发生了杜十娘事件，河南人宋幼清以新闻的形式记录了故事，冯梦龙写下了《杜十娘怒沉百宝箱》的小说。

假如果然是冯梦龙《杜十娘怒沉百宝箱》里的柳遇春呢？旅游有演义并享有独自创造传说的功能，可兼而有之，不过一定不要为自己的祖先自命风流。西文兴村宗法社会家族延续的四支十户，明清两朝始终团结在先祖柳氏周围，并且发扬光大，这才是最重要的。他们都是寻找家园的人，寻找家园的人都是求功名的人，如此之难却有如此风雅之地做根基，已足够宣传。

我坐在西文兴村的街道上，来，照张相。晚霞暗了，西文兴村所附着的河流的某些历史、某种生活方式及审美价值，在最终消逝之前或正在消逝中，我留下影像。我向照相的人致以微笑——我不是过客，我是归人。

坟墓下的欢爱

死亡是瞬间发生的事。当一个人的头顶被打开缺口，身体内的鲜活一点点消亡，生命从此投入了混沌。时光，是出生通往墓穴的道路，不管你是达官贵人，不管你是贩夫走卒。走啊，霎时那个人就成了我尘世旧梦里的记忆，再也拽不回来。死亡让世界少了许多东西，河流带走带不走的，欲望总归要留在世上，堆得老高又能怎样？文字冷冷地告诉你，坟墓是一个人最后的句号。

我去沁河岸边的樊山看坟，坟墓高居于沁水、阳城、泽州三县交界处的樊山顶上。光绪《沁水县志》记载："榼山东北有孤山，下有樊庄村；卧牛山正东为笔峰。"又记："孤山，县东八十里，峻峭壁立，又名笔山，象其形也。""文笔峰在卧牛山正东，若断若继，尖峰似笔，又名华盖。"清代沁水人王道熠《文笔峰峦》有诗赞颂："文笔耸穹窿，层峦聚作简。点成秋后雁，圈出雨后虹。蘸露毫端湿，披霞颖际红。何时生巨擘，独管一书空。"诗意里有着特殊敏感的意蕴，不知是不是那山顶上埋着陈家的祖先，或祖坟里的后人出了一个官居大学士的陈廷敬。先是盘山而上，在山腰处见修建的有陈家老母曾经居住的避暑山庄——老母掌。我能想象得出当年的景致，该是林密泉涌，该是鸟语花香。老母掌原名“老姥庵”，什么年代始建？我只看到碑文上记载了明万历年重修的字样。另一块碑上有清康熙三十年（1691）陈廷敬父亲陈昌期出资重建的记载。门锁着，我们是从墙头上跳进去的，正在修建中的门洞上方嵌有“仙掌齐云”石刻匾额，整个建筑为一进四院、九门相照格局。主殿锁着，什么也看不清楚，走到后殿时发现有个小门开着，这样好，免得我们有做贼的感觉。不到五十米处的山腰上有一棵白皮松，真叫个好看。它生长在巨石中间，周围盘根错节，生长了近千年。在这棵树下，我不知道别人的感觉，我顿觉自己矮了许多。历史从一棵树开始，那么大一棵树能教足你一辈子的人生经验。我坐在旁边看，看得久了，心突然就热乎了，不消说，天真得很想作诗了：

晚夕浮腾之下
佛法说：空，并不是无
恰似大地墨迹
地上原本一无所有
我们却见气象万千

抬头看朝夕相伴的日头，昔日繁华曾经落满这条路径，可如今，仍与之朝夕相伴的，除了晚夕下落寞的剪影，再就是那碑文上记载的荣耀与气势，可惜荣华富贵退淡得只留下了一棵老树——不言，而寿。

往高处，可以看连绵群山，可以听北风呼号，可以进入一个大世界，让心长时间地孤独。去过山西皇城相府的人就该知道陈廷敬。清代名臣，入仕五十三年。历任经筵讲官（康熙帝的老师）、《康熙字典》的总裁官、工部尚书、户部尚书、刑部尚书、吏部尚书。这样的人物出世，祖坟该是占尽樊山风水了。明代樊山村人常伦写七古《咏笔山》最后两句曰：“展图阁笔难为语，水远山清太逼人。”果然很有气势，黄昏的晚夕下，温暖和旧越来越大地延伸开去，一条疙疙瘩瘩的路。借着迎来的风，我看到满山遍野的植被像绿浪一样起伏。天色暗下来，天地间一片混沌。往高处走，环境似乎越发地预示着狼狈的窘境，隐约看到村庄的面貌时，居然寻找不到人的影踪。人在村庄里出没何其重要！由人而衍生的村庄里的热闹、鸡欢狗叫都去往了何处？门户紧闭，风搅成一个别扭的团，从村庄的街道上旋转而过。我站在一处敞开的屋门前，闻不到一点人气，只看到窗台上还放着提梁似的药罐子，一双破烂的解放球鞋，气眼上拴着麻绳，那是一双劳动人民下地穿过的鞋。我们穿过“相国牌楼”，一柱光从云缝中挤下来，端端地搁在牌楼上。我走在最后，那座牌楼的出现让我在时光中再一次停顿了很久。

牌楼是死去的人在世的一个诱惑。普通人是换不来死后立牌楼的。普通女人守住贞洁的冷不丁有立牌坊的，可那个女人活着时已经接近于鬼魂。我们来看陈家祖坟的这个牌楼，大约建于清康熙四十三年（1704），为陈昌期去世后，其子陈廷敬为了炫耀陈家的显赫而立。牌楼高约五米，宽七米，为四柱三门式石筑牌坊，雕刻精细，装饰华丽。石柱底座前为四组抱鼓石，上刻有造型生动的石狮子。檐下中间设石栏板三层，左右各二层。中间的上层题有“纶诰天申”四个大字，中间为“封冢宰陈公茔”，下部写“驰赠相国”；左边两层刻“显亲”和“总宪万邦”；右边两层为“戴君”和“晋阶一品”。这些个字不敢去深究，深究便觉得自己的先祖死后委屈，荒草坟堆，说平了地就平了地了。我的先祖一生穷愁潦倒，人活在寒碜卑俗的窑洞，从没有去争取多余的汉字往自己墓碑上刻。看人家的风光，生是风景名胜，死是风景名胜。

那便是陈家的坟茔。我靠着一棵树打量着这片山塬，二十亩地大的一座坟，天地间一个颜色，肃穆。天知人事耶？天不知人事耶？坟墓从隐处进入显处，富贵一下就汹涌过来了。围墙里的坟墓，让我猝不及防。进入我眼帘的是那两只兽，天地的颜色，固定在自己的位置上，从骨架上看，那是两匹纯种的贵族。我明白，没有石头就没有石头匠人，没有匠人就没有这两匹贵族面对世人的那种傲慢。陈氏家族在明清两代，科甲鼎盛，人才辈出。从明孝宗到清乾隆间的二百六十年中，共出现了四十一位贡生，十九位举人，并有九人中进士，六人入翰林，享有“德积一门九进士，恩荣三世六翰林”之美誉。在此期间，三十八人走上仕途，奔赴半个中国为官。在康熙年间，居官者多达十六人，出现了“父翰林，子翰林，父子翰林；兄翰林，弟翰林，兄弟翰林”的盛况。我不想羡慕，也不想嫉妒。阴阳家们惯常用风水理论殚精竭虑地揣摩主人选择坟茔的心思，不知是不是只有中国开创了血脉和地脉相融的气脉关系？泥土通往粮食的道路上，我亲爱的先祖忙碌往返，只能是“父农民，子农民，父子农民”。这是一个难以言说的寓言。

盗墓者其实是一把解读历史的钥匙。我看到一个一个塌陷下去的盗坑。富贵难守，上天总会让它遭逢对手。土堆之下究竟埋葬了多少宝贝？我想起我的少年时期，村庄外塌落了一个洞，没有人敢下去，都知道是坟。我父亲勇敢地跳了下去，年少不知怕事，我说，我也要下去。坟墓里的父亲说，下来！上边一个人抓着我的两只小手，父亲在下面接住抱下去。我看到一堆糟烂的棺材板，人骨头七零八落，我想哭，父亲显得很愉快的样子，冲我吹着口哨。父亲说，死人是一把骨头，活人是一张皮。我还是想哭。因为我想哭，我便从坟墓里出来了。我只记得地上散乱着一些绿锈铜钱，我出来后看到父亲扔出一些锈得看不出是什么样子的耳环和帽饰来，最后扔出来的是一个骷髅，地面上的人尖叫着四下逃开。那是人民公社时期，刚收割完小麦，一个后生一脚把那个骷髅踢进了坟墓，我父亲一拳头冲着他打了过去，灵魂附着于亡者的尸体之上，“事死如事生”，只有妥善安顿，才能保证活着的平安。父亲拉着平车把那个墓填实，双膝跪下。我看到扬起的灰土下，我的父亲身上有北方人的情义在起伏。我担心以后我走过会害怕。我的担心是多余的，第二年，我看到长出的小麦把墓地丰富成了麦田，麦浪翻滚，麦芒朦胧，生长创造了奇迹，我再也寻找不到那座坟茔的影迹。

死人是一把骨头。我看到陈家祖坟上的这些巨大的守护神，这完全是一些有着深刻意图的信仰设计，首先，要守护他祖先的亡灵永垂不朽，其次，守护他的后人代代入朝为官过锦衣玉食的日子。不过坟墓的修筑应该还有另一层意思，它的豪华是修给世人看的，人在物质世界中遇到难题，有所不解有所困惑时，就修庙迁坟。只有活着的人才是文化的缔造者、耕耘者和传播者。陈家的祖茔从它的造势上看原来一定是很热闹的，不知道樊山村有没有他们守墓人的后代。我在那些雕像前留影，有表演的成分在里面，一时忘了脚下的坟墓，便觉得这里完全是难得的世外桃源。一只鸟从头顶上盘旋而过，我看到最后的晚霞洇出云层，挂在旷野之间一抹浅黄和微红。转眼间天空就暗了，西边，山若巨龙蜿蜒而去。

“好风水！”不知谁喊了一声。

人在路上走，只能让过去越来越过去，而路只能走下去、走下去，人要能掉头走，是不是最后也只会得到物不是物而人亦非人的结果?

我想起多日前去沁水的嘉峰镇，听一位老者给我讲嘉峰的历史。1966 年嘉峰公社的农村红卫兵决定用青石烧石灰。因周围的山上能开采的石头不多（大多是沙石），他们决定用古坟上的石人、石马、石碑和老街上的青石来炼。这地方曾经出大官，出大官的地方富人多，攀比的风气重，老镇及构成嘉峰镇经脉的老街里，勾连交错的官道上青石耀目的光华在雨后鲜亮而暗沉。这些让红卫兵们激动。

嘉峰公社蜿蜒在沁河岸边，因昔日的繁荣，它沉淀着古代政治、经济及丰富的商贸文化，在不断地传递历史的信息，延续着社会发展的脉络。有了钱的人们就开始了买官。买了官干什么?回出生地修屋。谁也不想当不穿衣服的猴子，何况这地方的进士第就有不下十个。地面上的地面下的屋，上好的青石遍地都是。而 1966 年的热情有领袖的指引，人们似乎对这些青石也找到了更好的玩法。老人说，从理论上讲石灰是用青石烧的，人和人不一样，石和石能一样吗?此青石非彼青石。砸碎的墓碑、石人、石马、望柱有多少?没有人统计过，乡村的猪圈、厕所、地垄到处都能见到大小不一的坟石。

那是一个极度缺乏关爱的时代，或者说那种关爱像一双老祖母的眼睛业已昏花（看到热闹就好）。那个时代的人好像丝毫没有克制自己欲望的感觉，他们看到了世界已替他们准备好的那种

“近”，那不是道路的近（脚所能映在路面上的近还叫近吗），近在明天，明天沉浸在激情之中，与狂热推动想象的光亮接近，接近，近了，最终剩下的却是永远的“远”。

我在樊山顶上和同行的朋友们谈起这段历史，朋友说：“那是喧嚣的‘无产阶级文化大革命’时代，因为生命最本质的冲动，他们把一切看得犹如原始文明的巫术一般神圣，他们是在‘大革命’中寻找神话的光晕，他们的寻找对于社会来说也许是灾难，但对于个体来说就是快感。”

那么盗墓也是吗？

黄昏的樊山村我居然看到了人烟。问他们，才知道因为山下挖煤，山上房屋开裂，人不能住了，地还在。我们来时他们都下地了，收割回来的庄稼铺满了樊山村的街道，说街道也就只是一条东西老街，农作物五彩斑斓，看上去温暖又深远。静坐在街道两边休息的村民一定要领我们看他们开裂的老屋。斑驳的墙竖立，积灰的老窗合拢，我看到那裂纹，人一生难道真应验了一个词语——背井离乡？我无法帮助又深深落寞。我在纷乱的人群中越走越远，却总是感觉自己很没有本事。如果这个世界有鬼魂，我想做一个鬼魂，出没在这个世上，帮助一些卑微的善人离开灾难，让他们辛勤而诚实的劳动得到正当的回报，我能够上穷碧落下黄泉，能叫他们一辈子不背井离乡。可我什么也不是，我看得见的一切似乎都与欲望有关。

我回头告别，看到天边上的晚霞抽走了它最后一缕光芒，我往前走，长叹一声，只能等坟墓把人的自传写完，才好结束活着，以及活着的一切。

高于大地的庙脊

高坡上有一座庙，昔年曾叫圣寿寺。唐时种过一棵槐，在时间中死了，又种过一棵槐，活到现在，根也死了，树桩还立着，满身的疤疙瘩烂窟窿，冷眼看着身后的庙。从半块柱础的造像上看，庙很大，大，便代表了身份。庙脊原本有五彩琉璃，被人扒走了，还能看见一小块孔雀蓝凤爪在瓦坡上自在着。其实也无所谓，有些劫难躲不过，只好很惬意地享受它。毁灭是诞生？鬼话。我在乡亲的猪圈墙上找了两块琉璃，很好的琉璃，黄昏下迷人眼目。他们说，要那东西有啥用处？我说，端详它风吹日晒的容颜。

长治城里有一座城隍庙，听朋友说，十年前听说一个贼和另一个贼说，你要是把屋脊上那条黑龙弄下来，我给你十万豁啦啦新票子。贼在一个月黑风高的夜晚带着绳子、梯子、锤子、钳子，飞毛腿一路狂奔到了墙角下。贼屡屡得手惯了，到了墙角下，突然尿紧，本该迎风出一丈，却是顺风滴两鞋，心头一时涌起了淡淡的莫名其妙的伤感。贼靠着墙角点了一根烟抽了两口，站起来搂紧行头走开了。十年后那个不做贼的人打电话告诉朋友，城隍庙拆下来的琉璃在院子里堆着，你去把它们拍下来，知道你喜欢。明代的琉璃，那个朝廷下也出过好几位大思想家。

那些美好的琉璃，在阳城阳陵村的琉璃塔上，我仰着脖子望呀望，一只灰色的鸟在上面立着。夕阳里，徜徉在肃穆静谧的寺院，我不禁会为眼前清澈澄明的琉璃驻足。佛塔上的琉璃散发出晶莹剔透的光泽和变幻神奇的色彩。琉璃，被人们赋予了蓄纳佛家净土光明与智慧的功能，它吸纳华彩却又纯净透明，美艳惊世却又来去无踪，化身万象却又亘古宁静。琉璃澄明的特质契合着佛教“明心见性”的境界，不觉顿悟——净如琉璃，静如琉璃——照见三界之暗，照得五蕴皆空。琉璃是带色的陶。陶最早是用河泥为原料，加了芦苇花絮，制成各种陶坯时晒干，烧制彩绘。陶开始带色，琉璃出场。历代老百姓认为琉璃对于供佛、辟邪和镇宅都有强大的正能力，但在封建社会森严的等级制度下，琉璃是民间可望而不可即的重器。非令壮丽无以重威。威，是一个满怀壮志的王朝给自己的定位。高大之上，宏伟壮丽。帝王因佛生威，佛住的宫殿依山借次抬高，直逼天宇。寺庙成为故乡土地上的风物标志，成为乡村文化的组成部分。曾经的寺庙在晚照下，暮鼓声响了，那一声响，空灵澄明，悠远浩渺。“孤村树色昏残雨，远寺钟声带夕阳。”随之而来的还有夕阳下琉璃的光芒。

手艺是一个人一生承重的支点。农耕时代，自然生存，人通过什么活着？手艺。手艺能把万事万物送到远方，送向未来。

对于过去那些历史、那些美好，我该用怎样的方式与它们说话？它们以五彩斑斓的色彩对抗着大地，它们让村庄里的人忘记了大地上满目都是的荒凉。我一直认为寺庙是村庄长出的最好建筑，它的出现，始终没有因为生长在贫瘠土地的边远地带而寂寞简单，反而成为乡村百姓很不容易改变的狂热，带有偏执的性质。沁河从它的发源地开始，一路而下，流经了多少村庄？我一时统计不出来，大大小小，哪座村庄里没有寺庙？

有寺庙的村庄，只要走进去，你永远不会感受到走进城市的那种陌生感。寺庙，有一股强大的底层生活的气流在游动，你会觉得没有寺庙就不会有村庄的繁荣。时间流转，逝者如斯。过往岁月里，人类的劳动、创造和智慧，历经冲刷淘洗之后，仍然得以以各种各样的形式存留。寺庙在用它的光亮推动着村庄的发展。可是谁又能知道很多的苦衷和哀怨，不是来自命运的本身，而是来自天灾人祸？神化的痕迹和宗教的幻想给村庄一个巨大的安慰，也许他们太需要这种来自寺庙的体贴了，他们对虚无缥缈的东西充满感激，寺庙是乡民谋求幸福的天堂。乡民的天堂是华贵的，那种华贵也许只有民间秀才从书本里读到过，抑或是在人寰中梦想过，它的瓦楞应该轮廓分明，光亮夺目，它的屋脊更应该是天庭欢乐。

沁河两岸的寺庙，无论歇山顶、悬山顶、硬山顶，它们的脊瓦上都会挂着五彩琉璃。雨后初晴，若有阳光，透过水雾还能看到七彩虹霓。沁河流域的琉璃烧造工艺始于魏晋南北朝时期，历经宋、元的工艺革新和技术改进，走到明清时可说是达到鼎盛。住在近山的地方用石造屋，住在近水的地方用贝壳和着涛声造屋，住在自己心境里的人用宗教造屋。沁河两岸煤矿、坩子土、石英砂、铜、锰、铝土矿和方铅矿等极为丰富，充足的原料为琉璃的烧制提供了基础条件，他们用琉璃造屋。琉璃瓦、脊筒、宝顶、脊兽、鸱吻、瓦当、滴水、琉璃影壁、琉璃塔、牌坊、棺罩、香炉、狮座、童枕、熏炉，以及中堂前几桌上的佛像、狮子、烛台、供盘，家居用的浴盆、鼓凳、缸、佛龛……继秦砖汉瓦之后，琉璃在建筑领域广泛应用的典型范例又入了厅堂。不过琉璃用器始终没有作为餐具出现，它不像瓷器是高温釉下彩，琉璃是低温烧造，只用于观赏。

村庄里的寺庙，印象中是走远归乡的人的一个无形的客栈。人们走至庙门前都要愣着看一眼，步子停顿的瞬间心里会默念着保佑平安。老树掩映着屋脊上的琉璃，端着大海碗坐在庙前广场说古论今的人说琉璃的烧造是一门好手艺，人们的眼睛就集体往天空望。孩子们淘气，拿着弹弓瞄着屋顶上的脊兽打过去，年长的人站起来拦住说："打不得祖宗，小日本见了都得磕头。"寺庙和皇权的崇拜是相辅相成的，你看遍布村庄的寺庙就会明白信仰在乡村有着怎样久远的传统。

沁河沿岸最有名的烧造匠人姓乔，在山西众多门派的琉璃匠师中，乔姓也是人数最多、延续时间最长的一支。乔氏琉璃出阳城。阳城乔家烧制琉璃传承关系明确，班辈系列清晰。史料中乔家族谱记载，阳城乔家烧制琉璃从明正统年间开始，到清顺治、康熙、乾隆、嘉庆年间一直鼎盛。大庙小庙，乔家几代人烧造了多少琉璃？那些琉璃在屋脊上被照得明亮，而烧造它的匠人的生命死去又诞生着，死生之间延续着他们不外传的手艺。乔家的先祖于唐代时由陕西西安龙桥迁至高平桥沟，经宋、元两代，于明初辗转到达阳城。乔家的先祖是带着手艺来到阳城的，为了生计，也为了他所看到的晋东南一代的富裕生活和寺庙建造的广阔前景。一开始他们在县城东关游伴沟安家，后来为了取材方便，再加上后则腰的瓷土质量更好，所以才又迁至后则腰定居。他们不仅烧造琉璃，也烧造黑瓷、绿瓷。寺庙遍布村庄对于乔家的窑口来说犹如是金子埋在了他的门前。一座寺庙一种规制，丈量下的土地，古时候也是一样的斤斤计较。屋脊上的琉璃因寺庙规格不一便也不能用模子脱扣。乔家做琉璃从来不用模具，能徒手做大件人物造型，技艺无人能比。据说北京故宫的琉璃狮子和明十三陵的部分琉璃制品上都发现有“阳城琉璃匠乔”字样。新中国成立后，翻修北京故宫时，也发现很多琉璃瓦后面有“山西泽州”字样。也有人说“山西泽州”琉璃不一定是乔家烧造的，还有潞州的赵姓琉璃匠人，只是因为乔家琉璃窑名气大，私下里挂了乔家的声名。我倒觉得这样更好：沁河两岸的庙宇，一个乔家怎么能烧造得过来？这样就神龙见首不见尾了。就像“画中有诗”的王维，就像“米氏云山”的米芾，就像《兰亭序》的最后消失，果有真迹留传至今的话，那会减少我们多少向往和想象的兴味！

历史是时间烧造出来的，留存下来的匠人们的传奇往往都有点神奇故事在边上烘云托月。我现在站在阳城阳陵村的圣寿寺，就有乔家的传说在里面。圣寿寺的别院紧挨着的偏房里住着一位老人。秋天，老人从地里摘回来南瓜，窗户上，廊檐下，一个挨一个的南瓜摆放出一种姿态，任日头和月光轮番擦拭它们脱离泥土的胎毛。窗户上安装了玻璃，对于屋子已经全无秘密。老人说，我住着的后墙是庙墙，你看，墙已经凹进来了。我看到他用两根木头支着，两根木头上挂着几个塑料油瓶子。墙到了几根木头也快难以支撑的地步了。屋子里一股潮味，我仔细看着墙上一张奖状，是小学二年级年终考试的嘉奖。我能感觉到我身后一只肺在粗重地呼吸。守着美好的东西，那美好却不能如一床素花被子更能叫他们得到温暖，这是他们平凡而真实的人生。很奇怪的是，在靠另一面墙的桌子上，我看到他供奉了一个牌位，那上面写了“供奉佛塔烧造匠人乔氏宗亲之灵位”。老人说，现在人不讲迷信了，可头疼脑热给佛塔上炷香比输液管用。我孙孙得奖状我是给琉璃塔烧过香的。灵验的事在于人们对宗教的宽容，可宗教什么时候宽容过人们的需求呢？从窗户上就能看到琉璃塔，它是那么美好，那些色彩在晚照下绚丽多彩。我说，真好！老人说，敬归敬，说归说，好啥？还不如立个烟筒叫人也知道这里是个厂房。我说，你因何敬奉着乔家的牌位？难道你是乔家的后人？他回答，我的先祖是乔家的徒弟。据说乔家的后人并没有从事琉璃制作。这样一个破败的小户人家，居然年节还想到了他先祖的师父。这也许就是手艺人的根部在民间吧，由普通人侍奉着并祭奠着曾经的“孝义”并延续着。

塔和村庄一起存在，人们敬奉它，它带不来一穗谷子。可原来建它的人是有“信”在里面的呀。佛塔上整块的琉璃样式不一，虽都是佛教故事，可它的底部写着出资烧造的某某村某某人家的姓氏。那一疙瘩银子送到琉璃匠人乔家窑前时，他们便双手接住，然后用心再把那家人的福气印一样盖在了塔身，佛在看得见的地方俯视，繁华世界，金钱、财富和权力耗费了多少的视线和精力，又由此衍释出多少难以预想的结局。

沁河的琉璃烧造有两种技法，一种就叫琉璃，一种叫珐华。我一直不明白琉璃和珐华的区别，烧造琉璃的师傅告诉我，珐华有松香黄釉、孔雀蓝釉、孔雀绿釉、茄皮紫、葡萄紫。珐华肇始的年代，现在已经很难考证了，从釉的质地上看它和琉璃是有区别的。明代的珐华用途比较多，陪葬品占了绝大多数外，用在寺庙上的一般都是人物和小兽，大的器物、鸱吻和龙脊则用琉璃。

清雍正年以后，珐华就用得少了。珐华按照产地可分为五种：一是蒲州一带烧造；二是潞安泽州一带烧造；三是平阳霍州一带烧造；四是山西其他地方烧造；五是江西九江烧造。“最大气的东西在你们晋东南。”这是中国文联副主席、写小说《神鞭》和《三寸金莲》的冯骥才说的。书上说：珐华，是陶瓷装饰技法。低温色釉陶瓷器制品，亦称粉花、法华。始于元而盛于明。珐华釉以牙硝作助溶剂，制作时，使用特别的带管泥浆袋，在器胎表面勾勒出凸线的纹饰轮廓，再按设计需要用色釉填出底子和花纹，入窑烧成。珐华器主要产于山西晋东南地区，以陶胎为主，器形有花瓶、香炉、动物等。珐华器物别开生面，虽器物小却比琉璃要更华贵美好。珐华不但制作很难，欣赏也很难，有专门学问在里面。现在这种手艺已经失传了，有人似乎想再造它的辉煌，却是连那配料都研制不出来了。

琉璃匠人是佛遗留在人间的手眼，佛有千手千眼。从圣寿寺出来，我取了老人送我的一个足有两尺长的南瓜，像抱着一个新生儿，我回过头再看圣寿寺的琉璃塔，遥远处它似乎比走近更叫人心悸。美，源于人类千百年以来的感性经验，我的视觉是在丰富生动的视觉世界中进化过来的，我们祖先习惯也就使我们习惯于这种丰富生动。美，体现在一个尺度上，远观和近赏，两种不同的感觉，我沉醉于这种距离中，且近且远都叫我心动。

沁河两岸的那一片辉煌我无法表达。《战国策》说：“楚王遣车百乘，献骇鸡之犀、夜光之璧于秦王。”夜光璧，星月下烂漫，那可是琉璃的银片在闪亮？《魏书·西域传·大月氏》中记载：“世祖时，其国人商贩京师，自云能铸石为五色琉璃，于是采矿山中，于京师铸之。既成，光泽乃美于西方来者。乃诏为行殿，容百余人。”这说明从公元4世纪开始已把琉璃制品当作功能和艺术的统一体应用在了建筑上。当琉璃从皇宫走到民间，被充分利用到了寺庙的建筑上时，那个曾经在赵飞燕手里“青琉璃为扇”的宝贝因“贱民”的喜欢而变得“贱”了。如《魏书》所说，“自此中国琉璃遂贱，人不复珍之”。不过再捡拾起琉璃，我们要感谢隋，隋在历史书上仅仅维持了二十六年，一个男人长成，娶妻、生子的年龄，当它使湮灭数十年的琉璃技术得到恢复时，唐终结了隋朝。手艺在迅疾的时间中流逝并被重新捡拾，是“贱民”开拓了它们的前程。《隋书·何稠传》载：“时中国久绝琉璃之作，匠人无敢厝意，稠以绿瓷为之，与真不异。”何稠是把琉璃技术从“久绝”境地恢复起来的人。他只是一个手艺人，如乔家和别的什么家，他们都是用手艺来丰沛岁月的“贱民”，他们只想给那些守着流水和丰收的人修筑一座看得见的天堂。这世间有天堂吗？天堂，是我们在从容与喜悦中拥有我们所得，而我们又必定具备心感幸福的能力。这些美好都在民间。民间，以虔诚之心对待生活，人们始终相信，寺庙里供奉的是自己的前世今生，所有，一定都是由卑微的生灵修来。

让寺庙从寂静的暗夜中苏醒的，是唐代。除了寺庙建筑构件，唐还诞生了一朵琉璃奇葩“唐三彩”。我在沁河岸边的琉璃作坊听一位姓谢的师傅讲，唐代烧造不同色彩的琉璃釉，需要使用不同的氧化物，如浅黄色为铁和锑，深黄色为铁，绿色为铜，蓝色为铜或钴，紫色为锰。他和我说了一句叫我吃惊的话：唐三彩的烧造，道士起了一定的“化学作用”。他是一个叫我吃惊的手艺人。那么宋代呢？秦观的《春日》里写到“一夕轻雷落万丝，霁光浮瓦碧参差”。屋脊上那琉璃，天水滋润，那美好，延伸到王实甫的《西厢记》里，就有了“梵王宫殿月轮高，碧琉璃瑞烟笼罩”，美好只有普及到民间，才可能进入鼎沸盛世。

我再去见那位姓谢的匠人，已是夏天。他生性对劳作存有一种喜好和沉迷。我看到了院子里的那些佛，那些俑，那些陶胎的龙、凤，同时也看到了墙角那切割开的明代屋脊正中的“胡人献宝”，众多的琉璃中它吸引了我。它的眉眼都模糊了，它的脸部和手脚是茄皮紫，神韵还在。匠人在他的炉前，脖子上搭着一块毛巾，汗流得睁不开眼，他拽下毛巾来抹一把。我说：“你叫我买走你那一块吧？”他看着我伸出舌头抿舔着嘴角的汗水。“你要它做甚？”我说：“因为喜欢，所以要。”他说：“那是我用来做样本的。”我说：“嗨，这么模糊的眉眼早就印在了你心里。”他一定很想听到一个女人这样夸奖他。他扭头看着那块“胡人献宝”，说：“简单放几个钱拿走吧。”

“简单”二字是一种境界。沁河两岸烧造的琉璃正是以简单大气横行民间。万有的缘法都是偶然凑泊的。我得到它，我便得到了我的情有独钟。那位姓谢的匠人，借用佛家的一句话说“因缘现身”。走沁河一路下来，在晋城我又认识了一个喜欢收藏珐华和琉璃的朋友，他告诉我怎样鉴别琉璃和珐华：你别管它的珐色，你只管用骨关节敲，年代久远的敲出的是“缸音”，那些浅近的出不来那音，有点儿闷骚。我在他的地下室看他的藏品，边走边敲它们的胎骨，果然有音乐的质地。屋脊上，曾是神的灵魂走动的地方，我得敬奉它，我一一拜过去，拜那一份留在世间的手艺。

我一直认为，寺庙是一个有着完整管理体制的地方，一个人可以没有任何好处献身寺庙，一个人却绝不可能没有好处就献身权力。在这里，佛家思想脱颖而出，敬畏，以至礼教治国成了封建统治威恩并加的又一大法宝。看那照壁、牌楼、楼阁、香亭、寺塔、神像、供器、花坛及镶贴在墙上的花砖等，形态各异，不胜其韵。沁河两岸的琉璃饰件图案主要以火焰纹、龙凤纹、如意纹、连花纹、海水江崖纹、宝珠纹和绫锦纹等传统吉祥图案为主。此外，明代的脊兽也在元代的基础上得以完善，看上去有几分凶悍。再看那垂兽顺序排着的鸱吻、凤、狮、天马、海马、狻猊、狎鱼、獬豸、斗牛、行什等，神态生动到一声喝令都能活蹦乱跳起来。明代整修和新建的寺庙较多，沁河两岸的寺庙大多建于明万历年间，那些琉璃也大都出自明万历年间。烧造琉璃大体要经过选料、成形、素烧、施釉、釉烧等几个阶段。琉璃的原料大都是就地取材或就近取材，以往因缺少有效的原料检测技术和设备，制陶匠人在原料选择上总结出了一套简便实用、行之有效的土办法，有经验的匠师通过看、捏、舔、划、咬等方式判断泥料的成分和性能。琉璃釉料的配置在这一行业中是最难掌握也最具隐蔽性的技艺，尤其是像孔雀蓝这类釉料的配方，匠人视其为绝技，民间有“传媳不传女”之说。我明白了，一件琉璃的制作，除劳动外还有更多方面的相互依存关系，尤其重要的是它包含了那些个匠人的生活挣扎形式。

对于我们的乡人，我至今没有在感情上走近过他们，乡村太贫穷太偏僻。我固执地认为苦难是由懒惰衍变来的，是容易传染的。然而至于寺庙，完全是有别于乡村的另一个世界，我是如此喜欢。小时候上初中的学校在沁水县十里乡下泊寺，一座两进院的庙宇。室内雕梁画柱，室外的屋脊上却全部是灰脊。那时候不懂也不明白，直到去年冬天我回去仔细寻找，竟然发现下泊寺的庙后山崖下扔着许多琉璃碎块，有一块中间正脊上的琉璃隐约还能看清上面一行小字，“明德化年”的字样，可惜庙已荒废。陪同的乡亲说，听老人们讲，老早时，打远处就能看见一瓦坡的明光闪亮。那一定是琉璃的光芒。那么什么时候琉璃开始大势已去？一定脱不开寒碜粗陋，脱不开无知无念，脱不开战乱和凋敝。如果借助我们的想象，时间能够获得空间的可视性的话，我们会看到什么样的景象？花落水流，手艺在大自然这种无情的淘汰法则下消失得已经面目全非。

几日前有人捎话叫我去看两块塔上的佛讲经故事，说是孔雀蓝。我看见时，怎么看都觉得圪搅得心慌。他一定要我仔细看。我觉得“仔细看”应该是一个动词，果然发现那“蓝”像贼的眼睛。消失的东西果然就消失了吗？这样的作假悲凉得竟如此真实。那一晚我喝了半斤酒，“喝酒”也是个动词，我想用那半斤酒把自己放倒。我就着两条小黄鱼，我的脸前头竖着那个“胡人献宝”，我喝醉了，“胡人”陪我醉，醉得一塌糊涂，只为曾经的手艺，消失得比风还快，虔敬不在，我们拿什么来坚守？

云 浮

云浮的名字好，它不是浮云，含了另一层意思。云浮产石材，古时富贵人家常用云浮的石材镶嵌家具，皆因为云浮的石材上有山水。云浮的新兴也好，因为是六祖慧能的出生地，也是圆寂地，天地造化了一方好水土。一个地方因一个圣人而显贵，这个地方连草木都觉得亲切。岭南的冬天也好看，开着大朵的花，招人稀罕。南方的花香扑面时，六祖镇卖菜的老太太热情邀请我到她家去喝杯茶。我心里着实感动，因为她对我不戒备，这样我就又看到了另一种更好的东西，是人心的淳朴善良。

说这话时，我就站在六祖慧能出生时的院子里。围绕着他的出生，一些人正在讲故事。一代一代人在讲故事，当故事讲成神话的时候，我感觉我们太偏重口才了。六祖慧能的出生地正开着一种不知名的白花，花开得茂盛，团团簇簇，打远处看是月白，走近了看是玉白。地上铺着一层花瓣，间或露出一些湿润的泥土，这让我不忍落脚。“不思善，不思恶，正恁么时，哪个是明上座本来面目？”“无二之性，即是佛性。一切即一，一即一切。一切法，不离自性。”有一朵云藏着雨过来了，天空果然就开始下雨，因为无风，雨垂直而下，我空空的脑海里就想这些语词。雨打在我的头发上，我又突然想到阴晴变换，只有欲求在不屈不挠地生长念头儿，我是凡人，我离不开大地，只有远离大地时，那上面才会产生神话。六祖慧能端端地坐在云朵之上看世间，这些因生长而精疲力竭的土地，真的需要神话来安抚。

一个地方要想出名，必须有名人。六祖是新兴县六祖镇的名人。但是他的故居因为出生时和穷人家的没有两样，想来是很难复原的，除了香烟缭绕和后人杜撰的一些神性故事，这个故居的存在让我想得更多的是——苦难的人间。

六祖镇原本不叫六祖镇，最早叫夏卢镇，因一条卢溪流过，在卢溪中游积聚一座村庄。后又叫了集成镇，和村庄的成长有很大缘由。新兴县集成镇更名为六祖镇是 2004 年 2 月 27 日的事，由当地政府决定更名挂牌。之后集成镇开始了六祖镇的叫法，似乎六祖镇更容易名声远播。

在六祖镇南十二公里处，有一条山脉，蜿蜒起伏，状若游龙，名曰龙山。山脚下有一座寺庙——国恩寺。从六祖故居出来我来到了国恩寺。国恩寺因居龙山山麓，故也称为龙山寺。这里是慧能晚年的弘法道场和圆寂之地。因此，新兴国恩寺更要蜚声海内外，不仅与慧能剃发出家的道场广州光孝寺、收徒弘法三十余年的韶州曹溪宝林寺（今南华寺）并称禅宗六祖三大祖庭，更被誉为“岭南第一禅宗圣城”“祖庭之祖庭”。国恩寺颇为好看，因为有比较厚实的文化积淀。新兴，我个人想来，自然景观可看的有二，一是山，一是水。人文景观，可看的不止二，但我在新兴已见到的，也有二，一是六祖故居，一是国恩寺。

拾阶而上，在国恩寺前有两棵菩提树。“菩提本无树，明镜亦非台。”可它就叫菩提树。两棵树，绿叶匝密。人是不懂植物的，对于植物，人的趣味常携着可玩味登临的意趣，因此心情常激动。国恩寺的好，因了六祖自不必说，这两棵菩提树给国恩寺增添了不少人文气息。人们喜欢用“雄浑”来形容古建筑的气势，我以为这俩字儿用在国恩寺会显得苍白无力。它的一些庭院又雅致到像中国园林，内中点缀着山石，种植着花草奇树，又有回曲之廊，很是清雅。

又传说国恩寺原是六祖故居。说是慧能之父卢行瑫，祖籍范阳，被贬到岭南新州索卢县（今新兴县），落籍夏卢村，后娶当地女子李氏，于唐贞观十二年（638）生下慧能。慧能三岁时，父亲病故，母亲带着他迁居到了龙山山麓。慧能稍长，便以打柴为生。二十四岁时，因听人诵读《金刚经》而有所悟，继而北上黄梅求法。后来，慧能得到禅宗衣钵，成为六祖，在粤北韶关曹溪宝林寺弘法三十余年，倡顿悟之说，弘见性之学，缁素归附，声闻四方，创禅宗南禅。六祖镇也罢，国恩寺也罢，其实都是因为慧能这个人而显赫。六祖慧能，当我们想把握一个一千多年前的人时，他是一个心性和灵性都高出常人的人。那个高是否就一定接近于神？我知道，时间在我们中间，已经不能把乡下那些朴素的日子很新鲜地保存到现在。他是一个人，一生从没有脱离开季节，我不解的是从来没有认过字的人，无缘接受正规教育，却能够学无常师，为学不倦，终在禅宗文化的基础上创立出禅宗学说。是玉璧总会有人欣赏，那么玉璧是怎样形成的？难道真有天地造化一说？

大地厚德，生长着无数精英骄子，上天厚爱，卢溪河畔的新兴因了六祖慧能真的有福了。古往今来，草民对六祖慧能的禅宗延续上千年的崇拜，原因不单单慧能是南宗禅学的创始人，也与他智慧地创立了顿悟学说，主张人人有佛性、提倡人的主观能动性，反对烦琐的宗教仪式和经义疏解有关。中国佛教在慧能之后更加深入普通百姓的日常生活，更加深入中国知识分子的灵魂深处。佛教由此成为与中国传统文化的儒教、道教鼎足而立的思想体系。然而，慧能活着时一生坎坷，死后屡次遭难。我相信，凡是来过国恩寺的人，在饱经禅宗文化浸染之后，必会以史为鉴，对中华文化再度复兴作一番思考。

圣人出生的地方，一生来一次，你将在整个季节里无忧无虑。

回望雨井山

清嘉庆己卯年（1819）正月十三，李道人，一位虔诚执着的修隐者，在沁水县雨井山下的塔沟修成正果。其时，白雪像五月花香一样任意散发和飘浮，万物严格遵守的因果规律终于到来。空谷云底，溪水长流。当夜色退去，雪住风晴，黎明乍现时分，在被一世苦修、佛祖澄明的思想照亮的刹那，李道人成为佛陀。

我从雨井山回来后，一直写不出什么，关于山上的奇异。归来，通常我要沉淀一段时日。这期间，我在庙里的许诺都沉入了混沌状态，它们在那里蛰伏。我不知从何处下笔。雨井山下曾经是我的婆婆家，我有过几年的时间就住在它的山腰里，我听到过山头上烧香磕头求功名人的鞭炮声，那些许诺实现后的鞭炮声充满诱惑。夜晚的时候我站在山头上看远处城市的灯灯火火，别样的欢喜、艳羡。对于那时候，我现在就只剩下回忆了。但是关于李道人我却不敢静候文字的收获。我得承认，这个世界上有我所不能理解和解释的事情。“枯木倚寒岩，三冬无暖气”，他悟道的根本就是要叫人看破红尘，无欲无求，但求成心切的他倒占了这一方山水的灵气，我拜什么？求什么？乞什么？不拜、不求、不乞，我得什么？李道人如佛陀死去后是存在还是不存在？心灵与肉体是一是异，是既一又异，还是非一非异？一个达到超然无我高境界的人，理应忘我，又何以慈悲怜悯、自利利他？我试图从一滴水的消失中证明太阳的伟大，然而，我愚蠢。

几天来，我念念不忘的是雨井山托举出的一只乌鸦和一个和尚、一只碗。

那只乌鸦就在雨井山的碎石小路上停留。我走过，它“啊”的一声飞走了。我看到它丢弃在地上的一颗果实，硬壳的。它在我的头顶盘旋。我用石头砸开那颗坚果，然后走开。我是在不经意回头时看到它正觅食那颗坚果的果仁，它拍打着灵动的翅膀飞去。一个多么神秘而奇特的巧合，仿佛轻风吹动镀满金色阳光的树叶，心里响起了难言的感动。我停止喘息，渴望它再来，但奇迹不再。我想象鸟类和人类的交情，人类以一种玩赏的态度走近鸟类，玩完了，却不去关心一只鸟的伤情。乌鸦在我目视的一棵白毛杨树梢盘旋，我凝视着，以那只乌鸦为蓝天里飞翔的风筝。雨井山把那只乌鸦托举起来，使它看起来超凡脱俗。悠悠散步的云彩像一座华盖辐射在它的峰上，使它看上去很幸福。它生存的真实生活是我所不知的，如同它窥视人类。但我相信，那一刻我们被彼此吸引着、感动着。那种感动不啻对佛的虔诚，那种虔诚在阳光明媚的雨井山腹地弥漫开来。

这是我们的缘分。

如果仔细体会，你会发现生命中时常会有这样的缘分。一只鸟、一棵树甚至一个人的存在，仿佛就是为了等候另一只鸟、一棵树、一个人的到来。

我走上雨井山，遇见那个和尚。荒废的寺庙里怎么会出现和尚？他端一只碗过来。他说：“喝一碗水吧，消渴。”我端了那只碗，碗中无水。我空端着那只碗，想不出，碗为什么要作为一个物体存在于我的视觉？如何取水？

书上说，禅宗大师弘忍圆寂之前，就是送了碗给六祖慧能的，佛学辞典上说，它叫“钵”；然后又送了一件布衫，佛学辞典上又说，它叫“袈裟”。弘忍的本意是怕后人“恐世未信其所师承，故以衣钵为验”。一只碗、一件布衫，食有所盛，冷有所暖，天下四季转换，六祖慧能就从容多了。电视上说，印度僧人出门，从不自带口粮，一只碗，印度子民日日供奉，供奉的是自己的前生和来世呢。因此，僧人遍看世界，凡人都是施主。

于尘世，没有饭碗的人，拿什么打理人生？

我循声望去，水在塑料壶里。和尚说：“把水倒进你的碗里。”

我不可能用他人用过的碗，我不知道他人的身体状况如何，我把碗送回到和尚手里。我说了声：“谢谢！”

我多么小家气度。

同是器皿性质，我与和尚，就隔着那一声“谢谢”的距离。

我和同去的人看雨井山上的庙，什么都没有的庙里堆放着锦旗和牌匾，一律写着“有求必应”。我们站在残断的庙墙上说山下的塔沟。塔沟有庙，塔已不知去向，庙也年久荒芜。早些年听说运低的人夜晚路过常听到有人声，不敢停步匆匆而过。20 世纪 90 年代有人从塔沟庙里盗走一尊三寸高小金佛，一个姓李的河南人闻听趁着月黑之夜来与他交易。先是十万，贼不同意，最后加至三十万，贼依旧不同意，河南人搭黑走了。半月后有人看到贼在十里柳沟一桥下死亡，双眼无神而睁。因是冬天，人冰冻如冷藏，轻骑在桥下，手上戴着的一枚金戒指还在，不是谋财害命，那是谋什么呢？那尊小金佛从此不知下落。据说塔沟庙里塑着的泥像里就有李道人极其珍贵的不腐真身，据说“文革”中有乡村红卫兵打烂泥塑，还看见过人骨头，后被张狂之人四下抛去。红卫兵，一个富于挑逗性的充满破坏的词语。对一切生命而言，破坏状态仅仅是一瞬，譬如生长与砍伐、少女与妇人。

我与和尚聊天，说到李道人。我说：“李道人保持着自身的完整，是否出于灵魂可以无限重返人世的诱惑？”和尚说：“不知。”通过长久的修习，定会如佛祖般达至佛境，“登狮子座，乘大乘车”就是要更多的人能去自己想去的地儿。

我说：“你来这地儿想拜见山水吗？你想今生求得什么？”

和尚口念："阿弥陀佛！"

我们大多想象有这么一好去处，极乐。非亲眼所见，不能论断它的是非。几千年了，人从不为荣华厌倦，从来不知什么叫满足。看着一只碗，心思却在锅里，掩饰不了对于"再盛一碗"的不可辩白的一往情深。来去烟尘之中的人物，一辈子都在求得一个"正果"，官有官道，民有民径，佛有佛愿，这辈子没求得的，下辈子怕也没见回转。常见的一些禅语"不是风动，亦非幡动，仁者心动""梦里幻影，空中虚花……是非之辨，都一齐抛掉吧"，倒让人觉得玩此文字游戏未免有些远佛而近俗了。我也拜过、求过、乞过，也曾把握善良的分寸，虔诚得战战兢兢跪下，容下弯腰的方寸之地，容不下的是一个人的痴心妄想。我是俗人，命定。明知不可为，却脱不了这"尘"。

我来求平安。一种生存方式的渴望拜见，我没烧一炷香，我看见和尚坐在石阶上，他的身后没有香火。

李道人永远地烟消云散了，塔沟的庙只几年光景也叫文物小卒子们倒腾得什么都没有了。倒是雨井山，听说县里拨款在修建并已经初具规模，修庙时镇里人招回了外出的民工。历史存在的形式，就这样在空间的坐标上与时间纬度交合，它们播下一些奇异的种子，只等来年春雨过后就长出一番新绿。

故乡装满了好人和“疯子”

我常常在黄昏降临时看世界暗下来，在某个瞬间，涌动的人流猝然凝固。黄昏是一天最安静的时刻，我能听见那些老旧的家具在黄昏的天光下发生着悄悄的变化。一切变化总是悄悄的，就像人的日子一天比一天短。黄昏能够安静下来的日子总是在乡村。乡村过日子饱满的元素其实有四种：河，家畜，人家和天空。如果没有水，万物是没有生气的，而人家则是麦熟茧老李杏黄，布及日常，可乐终身。

我生长在山西沁水县山神凹，荒山野沟，逃荒落住的祖先停下脚步，沟里有水，黄土崖壁少石，崖下挖洞，凹里人叫土窑窟窿，是藏人的避难所。小时候对山之外充满憧憬，跟随小爷上山放羊，站在山头上望远，小爷说：“山外有知识。”上帝把我放置在穷乡僻壤的环境里，知识少得可怜，我不知道幸福指数会有递增。一个山里人如果不读书上学，一辈子生活在山里，知命知足地活着就是幸福。童年的乡村给了我故事，与蛙鸣相约与百性相处，生活里耳闻目睹的人事占据了我最早对世界的认识。布衣素鞋，日出而作，日落而归，有些时候他们也有声响，譬如生就一张扯开嗓子骂人的花腔，活在人眼里，活在人嘴上，妖娆得疯涨。人活着不生事那也能说叫活人？人一辈子不能四平八稳，就连畜生都知道翻山越岭的日子叫“活得劲了”，那是登得高、下得坡的能耐啊。

以写作为媒，传达个人经验。个人经验千差万别，我的人情事理发生在乡村，我看到我的乡民用朴实的话说：“都想钱，但世界上最想的还不是钱。”乡民最想的是怀抱抚慰，是日子紧着一天过下去的人情事理。山之外的知识勾着我，离开乡村意味着逃离乡村，逃离便意味着再也回不去，同样一个人，谁改变了我的感情？人在时间面前就这样不堪。

我是乡间走出去的懂“知识”的人，没有一株青草不反射风雨的恩泽。乡间生活的人们对我来说是六月天的甘霖对久旱不雨的庄稼的滋润，我就是那庄稼苗，是乡间生活的人们给了我养分。这个社会上如果我活着不能做些有益的事情，我就愧对了这片厚土！

我幸福的记忆一再潜入。我想起乡村土路上胶皮两轮大车的车辙，山梁上有我亲爱的村民穿大裆裤戴草帽荷锄下地的背影，河沟里有蛙鸣，七八个星，两三点雨。如今，蛙鸣永远鸣响在不朽的词章里了。坟茔下有修成正果瓜瓞连绵的俗世爱情，曾经的早出晚归，曾经的撩猫逗狗，曾经的影子——只有躺下影子才合二为一，所有都化去了，化不去的是粗茶淡饭里曾经的真情实意。人生的道路越走越远，我终于明白了生活中某些东西更重要，首先肯定，于我，幸福一定是根植于乡土。

我在整个春天举着指头数春雨，一场春雨一场暖。我牢记了一句话：所有情感都很潮湿。春天，去日的一些小事都还历历在目，人是一个没有长久记忆的动物，可记忆有着贪婪的胃口，总是逃不脱回忆童年。由盛而衰的往事，以生命最美丽的部分传递着岁月的品质。一场秋雨一场寒，人类所有的痛苦都涵盖在失去季节的痛苦里。如今，时光搁浅在一个只有通过回忆才能记起来的地方，那个地方总是离乡土很近，总是显得离人群很远。我用汉字写我，写我的故乡人事，写永远的乡愁，事实上我的乡民都是一些棱角分明的人，只有棱角分明的人入了文字才会有季节的波动。看那些被光阴粗糙了的脸吧，像卜辞一样，在汉字组成的这块象形的土地上，所有的文字都是他们活着的安魂曲。

故乡装满了好人和“疯子”。文字有它的源头，文学不能够叫醒春天，在贫瘠的土地上，除去茂盛的万物，我从不想绕开生，也从不想绕开死，生死命定，生死与自己无关。或许正是和世界的瓜葛，文学的存在对社会的价值就只能是一个试探。即使一个优秀的作家竭尽全力的呐喊也是微茫的。写作者就这样在物质条件匮乏的精神存在里流浪，才懂得什么叫心甘情愿。我一直把“知识”看成攒钱，看着众多的书籍，我越来越孤独，越来越讷于为人处世，我孤僻着自己中药一样的人生，我把对农业的感恩全部栽种在文字里。我安静地等待生长。在世俗里，我已经清楚地看到了我的未来，这些感受在一茬一茬庄稼人被时光收割后，我写他们，写生活中某种忍受，某种不屈。生是血性的，在农业的大地上呈现千姿百态的图案。死亡与生命相伴随，生活的真实总是在文字之外。我无法为写作下一个什么样的定义，文字只不过是文学的表达形式，只不过是对历史的共同记忆。在我孤独的日子里，我是一个拿腔作调的人，我的写作不能够传达出特立独行的价值观，我始终不满此处的生活。为什么文学只能是纸上的黑墨？

我想回避现实，现实中我时常会被选择，我为生存困惑过，否定或肯定的目光都来自一些生活小事。时代在进步，生活趋于简单化，固有的是民间心态，乡民们得意的样子是不用指着种地过日子了，那些有性格的人慢慢在改变生殖的大地。作为一个写作者，我逐步地失去一些想入非非的境界。我知道想入非非才是一个写作者生存的能力和手段。更多的时候，我甚至讨厌我无知的乡民，我是一个坏人，他们依然把我当成了朋友，就这么简单。

坦率地说，做一个真正意义的形而上的写作者是痛苦和沉重的。在光阴走失的千山万水中，我用肉眼去发现生活的美，我慎之又慎地使用自己手中的权利，我倍加珍惜而维护我心中的尊严和神圣，我不屑做一个浅薄而根本不配写作的人。然而在这个社会内部缺乏秩序的世界上，我所做的一切都很令自己失望。我越来越茫然，越来越胆怯。面对文字我不知该如何表达我的心境。爱你越深恨你越甚。我有千百个理由拒绝那些为了生存艰难活着的乡民、那些故事，我更有千百个理由陪伴在它们身边。活着，他们曾经形象鲜明地成为我另一种阅读。身处在这样一群人中间，我该如何选择我的作为？他们从没有拒绝过生之柔情，接纳悲喜如同接纳日常，同样每个生命都未曾拒绝过那些人为的暴戾。

感情是不能支配的，能支配的感情一定是虚伪的。如特蕾莎修女的《活着就是爱》中的谈话，一个写作者要表达对世界的看法，得用一生的努力去贴近生活。我不得不再一次相信命运。我的村庄，我与我所经见的一切物事简单到不能再简单，我已经找不到理由拒绝对它们的依靠，因为，它们是我文字的依靠也是我生命最后情感的依靠。

我越来越依恋故乡，城市让我没有方向感。那些作响，那些嘈杂的声音，使得心像挂在身体外的一颗纽扣，没有知觉。一切意味着我已经离不开故乡那些好人和“疯子”，意味着对我漫长的骚动生涯的肯定，又似乎包含着某种老年信息。我已经没路可选。路的长短，一个不能用简单的测量计制来说话的数。我在路上。我的出生，我的亲人，我的朋友和老乡，他们给我他们私密的生活、泪下的人生，他们已经成为我挪不动步的那个“数”，都算死我的一生。王充讲：人禀气而生。气有清浊之分。我心借我口，我幸福，是因为，对着他们的名字我依然能流下眼泪。

怀想成瘾（代后记）

许多年以前我离开乡村，许多年以后我才明白，离开就意味着回不去了。因为怀念，我开始写作。假如我这一生没有选择文字，我不知道怎么在心里安置我的故乡。故乡不仅仅是乡愁，它让我有如梦初醒的快乐。对于故乡，我的记忆是烦琐的，回忆不尽，或者说漫长的时间和广阔的空间里，一想起故乡，它便让我开窍。故乡引导我在平凡的世界中诗意地栖居，让我的日常有充足的内容。我承认，对于故乡的解读，已成为一种隆重的宗教仪式，成为我日常中没有被污染的空气。

在我抽去理性、只留下象征的感觉里，故乡应该是人类普遍需要的疼痛，晴日暖阳和春风河开，也只有故乡才可能疗救在精神上一天比一天衰败着的人类。

我对于故乡的理解，一直以来定格在那几眼破败的窑洞里。我的亲人中没有一个当过官员，做过生意，他们都是赤贫农民。窑洞里走出的人，身上脱不尽土腥味儿，对城市充满了好奇，总觉得他们的日子和自己的日子一样，只是地域的转换。直到有一天，我知道我母亲用八百元人民币买了山外大村——十里村一户地主家的屋子“高楼院”堂房，才知道日子和日子过下去是不一样的。高楼院是高姓人家的院子，土地改革分给了穷人，一个四合院住了四户，一个院子的命运也就四分五裂了。印象中高楼院的堂房是十里村最好的房子。我站在堂房的脚地上，感觉旧时代伸出一只手扶住了我。那么幼小的我站在没有烦躁的安静中，有什么东西一起悬挂在我的头顶。曾经的春和景明，已经被时光搁浅在一个只有通过回忆才能记起来的地方，那些好，是有节奏的，是对于五谷的敬仰，是雨后斜阳，是土地上行走的样子。我有一种脱胎换骨的感觉，我曾经的五体在此处生长，在退去尘世沾染给我的粗俗后，站在脚地上，我抬不走我的脚。

我父亲架起我的双臂，就那样提溜着，我号啕大哭，没有人知道我哭什么，一些细小密集的留恋，让我如此欢喜并不舍。

若干年之后，我母亲一千元卖了那个房子，因为，在大人眼睛里，一旦走往城市，还乡就可能成为一个累赘。

我厌恶长大，我和他们隔着无数场春雨。有时候长大会让人的心灵承受折磨，由于童年和幸福，由于温暖和忍耐，由于害怕失去而生长出对成年世界的恐惧。成长让所有人丑态毕露，命运的主使者恶毒地要求出示盖有欲望的处方，我害怕成为欲望的附属品。

长大是精神深处的痛苦，会失去想象而变得现实。

几次回乡，我站在高楼院的大门外，它的建筑形制包含着富人更高的尊严和更严厉的生存规则。我看到它的四周一些新建的屋子高起来，它显得那么孤独。我突然觉得，孤独是一种力量，保持着自己，没有人迹和喧哗。风没有停息的时候，阳光在它的屋顶上镶嵌出一道刺眼的金边，记忆就停顿在那里——它不属于我，但是它的美好属于我。

更多的时候，故乡被一种生机盎然的落寞笼罩，有一种意境，常常让我陷入亢奋和幻灭交替的困境，想些过去的日子、过去的人事、过去的好。安静把我抬到半空，我启用大把的时间感时伤怀，我居然会如此乐此不疲。

我把自己一直放置在故乡的记忆中。很多尘事不可估量，很多心事不能如愿，但是，我的故乡和那些人事却是不管尘世变迁，在生命中的每一刻兑现着季节的承诺，重复辛苦，重复挣扎，重复希望。没有人会代替经历，生生不息，多少人事恓惶，很多岁月消失了，很多故事却很难消失。那些故事里有农业落地的声音，有万物累赘之生长，有贫贱夫妻别致的春色，有农民脸上饶有意趣的瞬间春愁。故乡在它自己的四季里惆怅，它给了我浮想和暗示。我只是想寻找一种人与阳光和水同质的语言。

回到出生地，回到我初生的背景，虽然我已经找不到一张熟识的脸，然而，故乡，总让我有俯拾皆是的热爱。

时间怅然，当我再一次回到出生地，时间悄然流逝，倏忽间，窑洞成了村庄的遗容。高楼大院已经坍塌，曾经的那一缕阳光，陪我度过了一个个深沉的夜晚和漫长的白昼，让我变成了一个现在的自己。一直以来就想活得让生活像自己本身，一直以来就想告诉世人，我在我的作品中多次披露我是乡下人的真实身份，我卑微而弱小，乡下给了我爱，让我无限信赖。

我怀想成瘾。

如果一个人出生在乡村，童年也在乡村，一辈子乡村都会给他以饱满的形象。而乡村任何一个催人落泪的故事，都会在时间的流逝中消失。写故事的人不是随意地看着过去的日子凋零，而是要在过去的日子里找到活着的人或故去的人，以及对生活的某种目的或境界。

故乡成为我生死不移的眷恋与诱惑。生命在日子里发芽。倏忽间，故乡的图景全然变作影像，沉淀于记忆之谷的深处，幻化出流年的碎影。这里所有经历的言说都纷纷展开，人们以往的精神空间被淡缩成薄如纸张的平面，文字跳跃，故乡人经历的单纯过程横立在我的面前。

我情感的那一根结一直系在乡村。

大地上裸露的可谓仪态万千，因天象地貌衍变而生息演进的乡村与她的人和事，便有了趣闻趣事，便有了进步的和谐的社会。乡村是整个社会的缩影，整个社会得益于乡村的人和事而繁荣，而兴盛。乡村也是整个历史苦难最为深重的体现，社会的疲劳和营养不良体现在乡村，是劳苦大众的虚脱。乡村活起来了，城市也就活了。乡村和城市是多种艺术技法，她可以与城市比喻、联想、对比、夸张。一个奇崛伟岸的社会，只有有了乡村才能具象地、多视角地、有声有色地展现在世界面前，并告诉世界这个国家的生机勃勃！乡村的人、事、物，可以纵观历史。因此，我选择写故乡的人事，因为我想安慰我渐渐走远的童年。

感谢剑冰兄和大象出版社的支持！

感谢“乡愁”让我能用友好的目光看世界！